荊山玉屑一八編

香港浸會大學璞社詩輯

張軒誦 編

JPC

此城入句記猶新：「字旅 · 時光」古典詩朗誦分享會

璞社二〇二一年新春聯歡

璞社詩藝座談會第九會（招祥麒教授主講）

璞社二〇一九年團年聚餐

目錄

璞社成立小引

鄺健行

今士趨新，世風慕遠；塵沙固有，金玉方傳。於是本具晶瑩，因時論而或見忽；橫來淺薄，藉下士而遂推尊。觀乎詩壇風息、騷客吟微，可知一二。唯事非必然，例常有外。偶或學遵古昔，重風雅之溫柔；興入幽微，求芝蘭之芳澤者；亦可得而見焉。去歲承乏「韻文習作」一科，學子凡十五人；頗能虛心受教，叉手試吟。誦歷代之篇章，初循正軌；采四時之物色，婉喻中懷。覓句謀篇，調聲選韻。余甚嘉之。所謂可得而見者，豈非是耶？課程既畢，諸子進陳：僉以途徑始明，興趣方盛。竊擬眾效古而結社，月命題以賦詩；邀師長作點評，集同窗共討論。但冀所習無荒，進而不已；所為合義，持之有恒。余聞而愈嘉焉。獨念學遊西海，故步徒羨乎邯鄲；景近虞淵，壯年猶遜於之武。無良工切磨之方，缺前修推敲之識。以此慚慮耳。既而同學又以命名相商，余謂諸生美質倘琢，精光自映；璞玉為比，社名近實。諸生謙而受言，遂同定名為璞社也。公元二〇〇二年九月。

序

張軒誦

詩也者，所以述襟抱、詠性情，無當乎勢利。有唐以詩擢士，然坎廩平生者，尚盈通衢。況香港僻處南陬，以區區漁村，翻然為卓犖名都，信逢不世運會，亦其氓功利機巧有以致之，則流風之右貨殖而左辭章，可無論焉。嗟夫，趨庭無學詩之訓，習藝唯實用是趨，騷雅之陵替也如此。余初學握管，苦無途轍可循，即勉完篇，亦字句欠穩，音聲未諧，蜂鶴腰膝之病隨見。及問學上庠，從鄺師健行習韻文，師不以滯拙為嫌，招攜璞社末席，而後知詩脈之未輕絕也。夫璞社於壬午歲成立，至今二十春秋，月限題以賦詩，詩會積逾二百。五七雜言，今古眾體，洎乎聲詩、對聯、詩鐘諸藝概嘗涉筆，近年且試填詞，可謂悉備也已。其命題也，頗能容舊兼新，而以根柢古人體制，運化今人詞彙為教。諸生之學殖才分各別，率亦黽勉於是，故所詣或異高下，庶皆免乎枵然摹古之病矣。時疫癘方虐，交流阻絕，里閭之間不聞謦咳。社友諸君乃移蘭亭於網絡，改結視像詩聚，雖作閉門之無己，而推敲不廢，吟眸日豁。自愧雜務交纏，詩心頹墮，久莫叨陪嘉會，不知曩日詩友，猶記何戡尚在乎？癸卯孟春璞社張軒誦謹序。

扶貧（二零一八年四月詩課）

五言古詩，限仄聲韻

扶貧感時

劉沁樂

風雨正漫漫，枯木冷鴉眷。春意不着痕，對江徒嗟歎。黎元宿蓬廬，疏糲未言怨。
物貴誰恤民，千金難解困。當此困世時，濟貧志莫斷。感時望天涯，曙色起野岸。
朦朧照迷途，似添還暖盼。邈然辨翠微，白雲慰愁散。

周子淳

貧者今如何？地廣難安歇。剩飯伴冷蔬，倦坐木板裂。窮來各人愁，還對斜陽劣。
千家千般貧，欲濟先宜別。應憐白頭翁，拾荒向紙屑。即教鐵石人，見此亦泣血。
稻粱飽其飢，仁心貽其悅。幼者無所依，悲哉時運拙。及時施飯恩，且發人情熱。
視為子女親，處處多關切。少壯莫言窮，授之漁技訣。不負好年光，讀書為人傑。
胸有天地寬，龍行自有轍。弱者尚有寡，難補心頭缺。況有身殘人，久臥榻哀咽。
綜援應其需，濟亦保其節。捐衣抵天寒，盼能驅淒冽。憫貧溯源頭，忠恕心行潔。
扶貧扶其根，深期解困結。

周碧玉

娑婆大千界，際遇各有異。或者免愁苦，鶴在雞群企。或者渡日難，飽暖未能備。
因果循環轉，莫與人相比。漂母飯韓信，豈博千金利。蕭衍勤修佛，功德何曾載。
和光並同塵，不分時與地。萬法本唯心，扶貧何足記。

國際慈善團體性醜聞

李敬邦

人間大苦聚，飢寒老病死。天地刀兵劫，枯骨雜稚子。澤竭相濡沫，熱血濃於水。四海皆同胞，誰曰非關己。幸得慈善團，組織有志士。十方募捐輸，多少皆隨喜。普濟貧孤獨，榮名聞遐邇。樹大有枯枝，人多有渣滓。善款高層手，吃喝極奢侈。飽暖逞淫慾，結隊嫖雛妓。怕照鎂光燈，密口封臭屎。撒謊來招架，無耻最可耻。勇哉受害人，高呼「我也是」〔一〕。性侵天不容，姦賊千夫指。慈善頂光環，堪惜一旦毀。名敗仁翁棄，捐款遂中止。可憐待援者，憑誰作怙恃。

〔一〕即「Me too」，為近期席捲全球的婦女反性侵犯運動，由受害者站出來揭發事件。

鍾世傑

朝官今遊巡，高呼欲濟貧。史筆會寶馬〔一〕，衛士緊隨身。記者手腳亂，閃燈未覺頻。闊論家國事，唯我最憂民。握手暄數語，已嘗共苦辛。灑錢散一地，聲落起風塵。

〔一〕寶馬，官員所坐的德國品牌汽車。

張軒誦

扶貧

昔揚雄撰逐貧之賦，韓愈書送窮之文，筆墨橫放，無非假逐貧送窮以明志焉。今按扶貧題面，衍二公之意，戲作扶貧詩。

夕陽半在山，白晝間昏黝。有紙輕且纖，御風穿户牖。着地化人形，羸瘻一老叟。
縕袍敝不羞，向我徐稽首。自言太古初，貧鬼氏之後。民心元蚩蚩，未省居左右。
伊誰貪吝萌，忽爾成元醜。澆薄世人情，君獨待我厚。區區倘不棄，願從牛馬走。
扶攜延高座，庸見敢伸剖。群生天地間，化去孰不朽。揚子與韓公，文章之巨手。
往來雖蹇連，不辭與公偶。豈非富貴促，非以計長久？賤子空望塵，抱志奈檮醜。
願安一枝棲，外此更何有。室中無長物，白水以為酒。瓣香示微誠，着意長相守。

李耀章

孟曰老吾老，更及人之幼。今云共享樂，再用莫嫌舊。名目或相異，皆責手藏袖。有餘拒扶貧，何以辨禽獸。且看紅十字，賑災夜繼晝。無國界醫生，續命閻羅鬥。妙哉奧比斯，明兮光睺瞀。尚需無限善，惻隱溢宇宙。還顧彈丸地，為善豈為後。華東滔滔裏，長少點滴湊。向知讀書高，黌宮希望構。皕億振汶川，悲憤山岳透。錢力從何計，百姓黎民救。嘉行未近名，固執天自祐。荏苒廿載情，國樂雜諵謏。細水情轉淡，熾血流極右。廟堂多奸佞，舉城任躪蹂。疆防形虛設，日侵百五寇。煌煌七十萬，過境多獲竇。假婚且不學，鄉田今年茂。可憐第四代，號廢非鄙陋。手執星巴克，身中中產咒。高樓皕二呎，煩君千萬購。歲歲勤納奉，小惠唯稅扣。尚存百無人，營役東西趨。塵面蒼蒼鬢，木車紙皮厚。縱覓標靶藥，缺財供兌壽。容膝天橋下，天蓋與地柩。維今「中產」貧，維今「基層」富。生生乏其術，持政俱貿貿。基建無底洞，強權逼寬宥。商君如再世，難持今之疚。

陳彥峯

景氣惠府司，飭斂得巨賦。輿議滔滔聲，敷政或失度。貧者貧難移，富者富如素。
攏合泥雲疆，豈全仗公庫？貨殖善招財，翻手倍為數。漱滌葡萄觴，出入寶駕路。
苦哉瘠草根，雨寡未及澍。傾囊只蝸居，困頓若轍鮒。畫樓自春風，糗草徒鬱訴。
凍死雖云無，酒肉臭如故。無知幕下論，眾生在迷霧。貴賤與妍媸，唯承上蒼顧。
既得幸所之，所之宜施布。斯闕可彌縫，無為續相惡。

董就雄

世也逾小康，貧者猶鉅量。病弱鰥寡孤，紛紛得保障。奈何綜援網，中亦饒青壯。
廉屋住無憂，佳景堪比上。早食登酒樓，閒話平生暢。補助及車船，屆時即發放。
衣履簇然新，眼鏡時髦樣。增益年復年，何懼乎通脹？雙糧更三糧，波疊江河漲。
雨露沾若斯，自力難復望。唾手青蚨來，居家類終養。四體不欲勤，恬然處現狀。
似此財豈貧，所貧唯志向。作勞須有為，福利方允當。扶志假以日，信能去倚仗。

鄺健行

世態今古殊，南島無餓死。疇昔飢驅人，殘羹乞都市。涼風一梳骨，息微瞬不起。
冥府門常近，羸魂入尺咫。茲世困乏稱，咨嗟薄福祉。稟氣同賦形，天恩奚彼此？
或揮筵萬金，舉箸偶不喜。晨眺濃霧遮，即嫌山巔邸。孰憫黔婁眾，狹室僅容趾。
蔬黃肉苦輕，延頸冀甘旨。所以胸臆怨，貧富去千里。官府亟籌謀，扶貧政策啟。
會計頗盈餘，施財助生理。總求潤澤周，令頒疾於矢。居高幸民聽，庶幾減謗訾。
只愁萬千家，解渴能杯水？

後記：寫作既竟，反覆閱誦，拙直滯澀不類詩。因思業師履川曾先生《頌橘廬詩存》錄詩至七十歲而止。蓋先生之意，以為年過古稀，神思衰減，作品精光情意無復少壯時日，不宜執管也。今我早逾古稀之年，依舊塗草，殊違先生教示。用是謹告諸友：自今而後，月課不一定奉稿；明察為幸。詩會則照常參加。俊才在列，雅什紛陳，實願承風賞味。

聽風（二零一八年五月詩課）

七言絕句，限上平十三元韻

梅洛洛

耳邊蕭索倏然起，飛短流長笑未言。雲鎖峰頭春欲晚，水平風過了無痕。

李沛林

其一

山露殘枝拋下緊，忽將萬籟入寒垣。蕭蕭豈是催人雨，落了洞庭一夜痕。

其二

啼破江煙似老猿，森森影裏動霜根。湘靈不奏瑟中曲，浪底曾聞更苦言。

憶民國遺風三首

劉沁樂

其一

霜禽啼斷暮雲昏，抖動桃紅散古原。楚客飄零頭轉白，天涯雁去淚留痕。

其二

朔風搖落殘紅雨，吹皺西山帶淚痕。回首桑乾風景異，離群邊雁憶王孫。

其三

天風吹破寒潭寂，入耳秋聲百草喧。塵暗貂裘人去遠，碧梧牽恨近黃昏。

千巖萬壑樹喧喧，料起湖中細浪痕。未至秋涼聽葉落，蕭蕭終日竟無言。

周子淳

聽朴樹《且聽風吟》後作

嚴瀚欽

簾亂梧桐說夜冷，遊雲夢灑舊時園。且聽風細呼歸去，葬罷燋花作鳥鶱。

讀村上春樹《且聽風吟》後作

村上初作《且聽風吟》，首章便明言此書乃現代主義手法之嘗試。自成書來，解之者蕃，欽每閱諸家評鑒，多以象徵角度品析。逑之以白話文已屬不易，今借舊體，以象徵筆法拙作七絕以記讀後雜感。小子不敏，限於字句，下筆頓滯，權當試練，塵穢大方視聽：

曾驚風起欲飛鶱，秋肅無端敗舊園。倦厭空寒猶未醒，倚聽草亂一聲猿。

讀〈齊物論〉有感

噫氣微風號萬竅，摶扶亦可駭靈鯤。輕波怒浪本齊物，何必鳳凰鄙野犀。

柳枝款擺未留痕，橫雨驚雷捲夢魂。古木高蟬聲更遠，松濤夾雪叩寒門。

楊煥好

動者為心抑為旛？秋來萬竅一何喧。廣長舌遍三千界，誰謂蒼天總不言？

李敬邦

聽海風

清風激浪白鷗翻，翦翦冰華冷月魂。臥聽晚颸忘舊夢，心潮虛靜欲無言。

鍾世傑

陳皓怡

其一

韻竹鳴蟲百籟繁，東君引笛柳初喧。座中誰愛淒涼調，盡是天涯楚客魂。

其二

花含湛露舊桃源，橋畔蟬聲隱市喧。徒有清風來水面，澄波萬壑撫無言。

聽跑馬地風

黃榮杰

經年跨海赴嚳門，朝夕勞如策駿奔。我作山人踐文道，谷風習習與君論。

注：予任教學校在丘陵矗立，地勢高亢，時有山風。

聽地鐵站風

暗洞千尋氣象翻，土神驚覺白龍喧。月臺忽有音聲動，車似飛廉到幕門。

聽南生圍風

余龍傑

真美西郊水繞村，斯須焦土獨名存。官差報道悶燒故，勝境風來引火源。

閒聽花鳥幽林動，葉落聲聲遍浸園。棉絮輕臨還拂面，原來風欲與人言。

聽風

李耀章

天高雲淡綠陰繁，洗眼重重碧浪翻。虎嘯鵑啼俱過耳，心懷清籟隔塵煩。

子彈粒聽風

無待扶搖六月息，白金升降掩雷奔。襟開襬動艙門震，擂膜消聲幾斷魂。

職場聽風（或收風）

未息炎陽風已動，新正滿室綠衣喧。荼蘼盡了塵埃定，忽起微波又一元。

山空樹靜水潺湲，玄鳥枝椏獨寄蹲。俟聽梢梢蘋末動，挫身飆遠舉雲門。

陳彥峯

吳振武

天風

崩空澎湃出天門，拉朽摧枯萬象吞。刮遍虛空周法界，倏然曳止了無痕。

地風

輕吹細拂滿乾坤，不着纖塵草木蕃。日夜潛行千百里，滋榮萬物只無言。

人風

熙和壅穆道之源，浩氣呼噓萬德喧。過化仁風臨大地，潛移默運火薪存。

董就雄

其一

一校芸編百萬言，春風聽後夏風喧。臨窗陣陣頻來問，如此校讎餘幾番？

其二

昵人座扇頁時掀，伴我佩蘭朝復昏。喜對呼呼沉響在，況饒謖謖夜風翻。

其三

七年耿耿不窺園，甘苦康成誰共言？今夕蕭蕭聲漸遠，似傳斯語六瑩門。

梁巨鴻

風聲消息去無痕。真相欲尋那有門。幻影幻形都是假，心頭未上已銷魂。

燈（二零一八年八月詩課）

七言排律，不限韻

燈下懷古

劉沁樂

雲連遠岫月生涼，斗室懸燈伴夜長。偶坐案前風細細，時憐窗外海蒼蒼。感懷北苑殘山靜，漫想東坡醉墨狂。孤寂猿聲悲宿鳥，蕭然竹影動寒塘。唐音淡宕難傳繼，宋骨清奇已散亡。騷客苦吟無限恨，天涯極目獨愁傷。

周子淳

十里秦淮本靜虛，百年河上耀芙蕖。縈波萬盞燈花細，入夜孤舟客影疏。一處閒愁流不盡，滿窗明月照何如。柔柔香瓣皆含笑，耿耿清光欲映裾。盼是瑤池漂此物，得憑亮色應其書。且將今古悲風散，好夢期能復往初。

燈

周碧玉

燈喻光明，然飛蛾或魚兒貪光而亡；賭場長晝，賭徒忘返。面對光明仍需深思。

投明棄暗慎思量，亮處迷人禍隱藏。堪歎飛蛾空有夢，胡為撲火遂遭殃。霓虹閃爍無深夜，賭館流連負煦陽。水底魚兒甘落網，舷邊餌子是浮光。華輝奪目原虛幻，美景欺身究愴涼。大錯鑄成思悔改，不負五色志堅強。

香港夜色

李敬邦

如露電燈千萬顆，一天星月失明光。姮娥有恨求青眼，織女無緣見愛郎。熱吻豈唯希臘夜，畸胎最是特區房。獅山廣廈誇雄偉，樓市高峰發病狂。三道機場新鐵路，百年漁港舊炎荒。寶珠終透塵勞鎖，信美名城乃我鄉。

鍾世傑

太初天地盡迷茫，偏向東君借日光，俯拾流螢窺陋室，抑持烈炬照諸方。燭龍全斬油囊滿，燋炷半燃疏影長。燈管加磷生雪白，鎢絲通電現昏黃。霓虹炫彩皆堪棄，火德興邦焉可忘？羲馭御車驅黑暗，極遊穹漢拓新疆。

心燈一首敬和碧玉師姐〈燈〉詩

葉翠珠

萬物生來少自量，宜思福禍計行藏。休迷碧海浮滔浪，賴有漁燈免劫殃。塔上明明驅宿霧，堂前燁燁繼殘陽。放螢滿谷傷民力，披卷寒門借壁光。木佛聞香聽苦樂，油繩臥砵照炎涼。芯無善惡真如見，色假空中莫矯強。

望天燈．懷旺旺

岑子祺

倦眼長開唯念爾，天燈半落獨愁予。別來難得顧暑寒，相念何妨寄望舒。祈福常時菩薩語，盼君早晚業根紓。此生留滯殘身處，來世逍遙好夢餘。星火萬家藏感慨，雲霄孤月映欷歔。痛慚久負多年約，悲歎空遺一紙書。

李耀章

初開混沌無明起，始奠乾坤老死藏。清濁漸分名實亂，親疏強別聖神亡。銀河澄淺難泅渡，大道縱橫益恐徨。孰可經宗憑己力，猶需天問借金芒。將酬東帝西郊祀，欲徙南冥北極航。黑狗頑奔凶吉辨，蟾蜍安坐缺圓忘。閉門苦索終身暗，鑿壁曾偷半日鋩。一自雷鞭遺化物，便尋石漆煅田秧。渥恩久得人浮傲，睿智方興性近狂。溶鑄蟲渣為蠟炬，捕囚豸命作螢囊。華鐙熠耀奢排宴，漁燭昏瞑敢赴洋。圮裂九州多阻隔，空懸七政故熒煌。於今先進生生逆，從此新來世世荒。齊亮晃幽宵似旦，不拘冬夏短追長。螮蝀凡墜霓虹閃，欻火冰成導體昌。燃盡地球餘氣液，摧頹家國舊邊疆。更焚核質凝恒晝，妄運能威煉縮陽。科技尖端盲五色，禮仁失落競張皇。反因知慧微縫限，豈獨形骸聾瞽框。重點心中虔敬畏，靈台淨照復和光。

案頭燈

陳彥峯

幾度深宵幾度涼，埋頭卷帙伴微芒。暈生籠罩層環散，壁對分明偶影張。鏽蝕斑斑經佇候，塵披淡淡任平常。座中拈取千篇頁，案上馳遊百部行。映照此情思顯雪，吟哦永夜效螢囊。躬腰作態催鞭策，俯首傳溫問遽遑。學士從來甘旨闕，高門唯有五車香。盲臣秉燭還尋路，匡鼎無鄰枉竊光。幸爾解寬身寂寂，如泉灑注意滄滄。遙看耀目連城白，難及舒心一盞黃。力薄尚能爭玉魄，功成稍息託扶桑。於今不用焚膏繼，廢寢劬勞事未亡。

水晶燈

董就雄

舊樓嘉景憶徐徐，花影芙蓉遷此居。金駱直懸開夜白，水晶彩耀動窗虛。冰燈鑲碟琉璃托，鏈帶環雲瑪瑙如。獨愛家中圓玉潔，不憐空際眾星疏。晚來高照先臨食，復與雙兒共讀書。況有清風傳響遠，當時幼子降生初。三荊今也成飛馬，一盞依然繫我廬。粲粲銀暉垂雪臂，纍纍珠串映衣裾。心隨膝下絃歌起，人喜天倫塵慮祛。但得同君永相對，何妨襟抱鑒無餘。

圓燈

〈水晶燈〉一詩寫畢，書房圓燈忽爾失靈無光，如有妒意，遂賦〈圓燈〉一首並疊前韻以慰之：

託懷吟事要舒徐，料爾知吾既並居。情若堅金何可缺？潔駢圓月豈云虛。瑩瑩朗照總長有，袞袞諸燈俱未如。且伴椽耕白駒過，不嫌我輩故人疏。氣疑牛斗比藏劍，葉鑒魯魚同校書。昔自移家大圍後，曷忘結誼素襟初。方今拙作描晶盞，即夜君明失此廬。嬌瓣頓然遮皎貌，玉珠無復着輕裾。詩文暗裏句難就，困倦齋中誰與祛？光亮深期好重啟，共觀篇帙在三餘。

港鐵時事有賦（二零一八年九月詩課）

五言律詩，限上平二冬韻

廖韋堯

港鐵綫綫故障屢屢，市民怨氣甚重，唯交通別無選擇，因此有賦

市者來回密，穿梭託地龍。突聞廣播響，訊誤列車封。廂迫空間窄，人多怨氣濃。
縱然懷詬怒，無奈只能從。

高鐵通車有思鄉之感

劉沁樂

秋殘悄入冬，異地接遊龍。蝦峙傷遙岸，桃源待覓蹤。空聞知己聚，還盼故鄉逢。喚起思歸意，吾鄉未改容？

注：蝦峙島、桃花島鄰近余鄉，地處甚僻，即高鐵通車亦難達。

憶二零一七年港鐵縱火案，乘客旁觀拍攝者眾，因賦

周子淳

港鐵火燃兇，煙燻四座濃。近身猶隔岸，有客不聞鐘。為拍新鮮片，誰憐愕懼容。良知嗟已泯，仁更遠千重。

颱風山竹襲港之港鐵時事有賦

黃嘉雯

南來風急急，軌道水洶洶。秒秒驚天地，時時亂徑蹤。官哀生計阻，客怨路途封。過海成難事，何方尋鐵龍。

夜歸逢山竹襲港

嚴瀚欽

暴霰滯銀龍，飆馳嘯遠峰。驛台長寂寂，城晚自憧憧。座冷催人亂，燈昏照客慵。狂風搖此夜，天地一牢籠。

周碧玉

沙中新鐵路，寄望眾情濃。減料鋼筋短，監工制度鬆。醜聞遮不住，禍首辨無從。地陷難安枕，違規勿苟容。

山竹襲港後鐵路交通瀕癱瘓

李敬邦

百載一強風，全城道路封。月台擠黑蟻，鐵軌困銀龍。赴職憂焚內，歸家怨爆胸。何時頒善法，不復萬人壅。

廣深港高鐵香港段通車

鍾世傑

動感若遊龍〔一〕，疾飛難躡蹤。爪伸連各地，身躍越諸峰。未懼狂飆烈，豈愁驚浪凶？天涯成咫尺，轉瞬又相逢。

〔一〕「動感」為車名，全名為「動感號高速動車組」。

鐵路馬路俱塞

譚凱尹

山竹香江壓，風吹雨幕重。蚰蜒車入庫，霹靂線傳儂。破匾飛刀脫，森林駕道封。俱興猶百廢，碌碌復庸庸。

高鐵開幕

黃榮杰

天價爭朝夕，道通西九龍。設亭差北至，劃界稅千供。新線速難極，曲途誰所鍾？有人誇漏水，滴瀝似鳴鐘。

沙中線工程沉降影響樓宇結構

岑子祺

沙中沉處處，民眾怨重重。未得分毫利，猶添表裏凶。高層相佐佑，陋宅欠彌縫。通達難平憤，規砭寄筆鋒。

地鐵通車

李耀章

嘩啦聲影淡，憶記與塵封。今渡尋常水，當沉十八重。土行通港九，時省任橫縱。舉世趨先進，漁村不見艆。

樂器之爭

妙音藏素匣，伯雅墮樊籠。忽受黃衣嚇，橫遭黑面兇。樂儀多限制，水貨復寬容。
嗟爾斯文辱，緣君不姓鍾〔一〕。

〔一〕借楊利成老師「可惜先生非姓鍾」句。

沉降

千億沙中線，全城證不傭。偷工地泉滲，減料鋼筋鬆。不息居民懼，但興文字訩。
如斯長禮頓，海下覓金鐘。

記山竹襲港後

怒海忽旋風，橫吹斷地龍。哀梧桐既倒，歎世道長封。下屬憂生計，上司催影蹤。蒸民何所怨？一瞥大圍壅。

港鐵公告別字戲作

陳彥峯

港鐵九月初一則列車延誤公告，其中站名多有別字：「南昌」寫成「南晶」、「柯士甸」寫成「枯士甸」、「美孚」寫成「美乎／美乎王」；亦有夾雜口語之句。誤植如此，貽笑於眾。

本恚拖班苦，手民招哂容。南昌休剩日，柯死可無蹤。易轍尋常事，篡名亓始凶。研窮公告意，檢校莫疏慵。

吳振武

高鐵香江接，神州遍地龍。徐揚荊衮合，南北東西從。經貿波瀾壯，人文薈萃丰。
漢唐新氣象，吟詠興情濃。

董就雄

港鐵沙中線大圍站、宋皇臺站、土瓜灣站、會展站等俱有沉降現象，遂賦此

大圍沉降後，上蓋即如封。站畔添驚鳥，沙中困臥龍。宋皇危側繼，諸將影雲從。
驀爾悲香島，竟誰魁首兇？

春夏秋冬（二零一八年十月詩課）

五言絕句，不限韻

劉沁樂

題劉松年四景山水圖

淑氣催人倦，幽篁暑色深。霜來愁入望，詩思雪驢尋。

重九四時有感

重陽添酒興，殘暑已銷沉。悟卻榮枯意，窮陰換柳陰。

詠草

周子淳

夜夢雪江圖，東風嫩草蘇。青來驚暑氣，葉落懼顏枯。

觀《杏花茅屋圖》後感

黃嘉雯

茅屋杏花圖，驕陽照影孤。莫憂梧葉冷，釣雪望冰壺。

其一

萬物顯新容，蟬鳴愛意濃。香花終散落，冷雪把情封。

其二

平原綠意隆，鳥戲樹林中。冷襲南遷雁，途人避急風。

春夏秋冬

嚴瀚欽

夜讀劉霞詩句「看見白雪覆蓋下／大地正在腐爛的屍體／屍體上蠕動的蛆」，消沉難耐，有感盛世光華之下必有衰亂慘愴之事。今承劉之意，借五絕為體，分詠四季，避犯本字，以伸其意。

雪瑞蝕衰草，空晴逐暮鴉。子規啼夜寂，三月不鵑花。

周碧玉

嫩柳拂新桃，蟬蛙鬥嗓高。脆蛇醇菊露，忽已雪沾袍。

天若有情

李敬邦

蝶苦胭脂老，蟬嘶鐵石聲。蕭蕭搖齒落，雪葬總無情。

鍾世傑

其一

花香蝶舞翩，熱浪引金蟬。落木無涯盡，雪飛燈影前。

其二

候鳥早南遷，霜飛六月天。金風何日至？溫室暖寒川。

詠四時讀書法二首

葉翠珠

其一

張心齋《幽夢影》云：「讀經宜冬，其神專也；讀史宜夏，其時久也；讀諸子宜秋，其致別也；讀諸集宜春，其機暢也。」

日久辨邪忠，諸家別樣紅。研經猶履雪，翰藻蘊東風。

其二

傅佩榮教授於《不同季節的讀書方法》談及自己春讀《論語》、《泰戈爾詩集》；夏品《莊子》、梭羅《湖濱散記》；秋思《老子》、房龍《寬容》；冬藏《孟子》、尼采《查拉圖斯特拉如是說》。

志行慕川林，神清契萬音。容人思己過，浩氣養悲心。

岑子祺

榆雨發青芽，螢窗掛葛紗，推杯三五月，好啖雪烹茶。

李耀章

其一

新雷遍野紅，萬里革雲空。金浪翻清遠，年隨素羽終。

其二

恒祛朝暮靄，復召冷風來。不覺曾高爽，圍爐對帳哀。

寫詩四境二首

陳彥峯

其一

曲水杯初薦，朱明浩氣驕。商聲吹老落，雪裏見芭蕉。

其二

水滯苦凝冰，蟬寒不得聲。眼當蘭若茂，泉響復芬榮。

吳振武

觀時

冉冉芳菲歇，炎炎暑氣張。金花迎白露，白雪透梅香。

品秋

皓月當空掛，清輝照九隅。金風時拂面，恬澹入虛無。

分詠四季，不犯本字一首

董就雄

風景曾諳舊，黃鸝囀老枒。高天飄葉罷，不惜落瓊花。

疊前韻再分詠一首

陽節悲田裂，金蟬死樹枒。嫩櫻開九月，寒蔗亦生花。

四季相思

朱少璋

剪韭憶林宗，南亭古意濃。清光同此夜，興盡莫相逢。

歲月飛逝有感

梁巨鴻

風拂蠻腰動，忽然有絮飛。水流見紅葉，雪落又霏霏。

鄺健行

其一

少年遊不倦，積雪任山封。涼盡鶯驚老，穿花意轉慵。

其二

不照桃花水，披襟荷葉風。我殊青女否？耐冷對寒空。

和杜甫〈登高〉或崔顥〈黃鶴樓〉（二零一八年十一月詩課）

七言律詩

和杜公〈登高〉

楊浩鳴

黃葉蕭蕭幾許哀，秋風颯颯幾人回。只聞流水如斯去，未見伊人彼岸來。月下淒清悲顧影，青雲爛漫望登台。朱顏一夜成霜鬢，富貴千愁酒萬杯。

次韻崔顥〈登黃鶴樓〉

呂牧昀

江城多有楚風物，斯世何存古鶴樓。路轉蛇山車碌碌，橋橫故壘意悠悠。憑詩空想歎鸚鵡，對景難尋問渚洲。水逝雲生天地闊，征鴻暮過更添愁。

注：今之黃鶴樓，因避長江大橋，遷址重建於蛇山之上。

讀散原老人登高詩用老杜韻懷之

劉沁樂

閒袖神州事可哀，雲端鳥滅幾曾回。未殘蠻菊身先老，已破青衫淚漸來。策杖欲尋荒戍跡，憑欄空憶舊京臺。狂年意緒飛濤盡，邀得群峰醉一杯。

注：散原老人有詩「憑欄一片風雲氣，來作神州袖手人」、「倚闌干處是滄桑」。

鄭太夷重九登高詩多述抱負，今用老杜韻懷之

嵯峨夕照客生哀〔一〕，青眼憑誰顧我回。怕認紅顏催鬢老，忍看暗雨逐鴻來。歧途誤作東夷客，破袖愁登北薊臺。正是傷心重九近，嶔崎自笑阮郎杯〔二〕。

〔一〕太夷曾登嵐山。

〔二〕太夷有句「四圍山海一身藏，歷落嶔崎自笑狂。」

和杜甫〈登高〉

周子淳

草木飄零宋玉哀，蘭山人望雁千迴。右丞逢節親尤憶，王粲懷鄉句自來。冉冉秋光空過眼，瀟瀟暮雨盡登臺。舊時才子今何在，且向風前奠一杯。

和杜甫〈登高〉

周碧玉

滯雨殘燈野鶴哀，家書託雁夢鄉回。眼前燭淚淒淒下，背後讒言處處來。老病相纏瑚璉客，功名未遂鳳凰臺。窮居亂命慵梳鬢，遠謫傷懷悶舉杯。

次韻老杜〈登高〉

李敬邦

萬竅呼呼動地哀，深秋唯盼夢春回。忍看落葉連山捲，安得高樓攬月來？遠客渾忘雲水路，庸儒敢上雨花臺？紅顏漸逐詩心老，且酌孤芳菊釀杯。

次韻杜甫〈登高〉

鄧卓楠

驟雪寒煙枯木哀，長天昏月瘦駒回。風揚古陌滔滔嘯，霧裏冬梅冉冉來。昨夜難眠修小榭，昔人何事建高臺？江流不盡春秋去，獨酌無言淚滿杯。

和杜甫〈登高〉

鍾世傑

路縈天暗倦生哀，驟雨新涼心欲回。草動蟲鳴清籟起，風搖花落淡香來。冰輪歸去藏林影，雲錦相隨照玉臺。日出天穹消宿霧，登峰極目莫停杯。

和杜甫〈登高〉・秋祭

岑子祺

冒雨旻天欲致哀，浮雲蔽日屢裴回。唯將香紙護襟下，不厭寒針撲面來。望遠初霽黃葉路，祈親長樂閬風臺。遣懷奉禮知其義，問候三傾附薦杯。

戊戌香江高屈大捷後記步杜公〈登高〉韻

李耀章

體能八練漸呼哀，濕草和泥滾幾回。始發海濱龍虎採，先登廢堡纛旗開。猶當協力排難任，未許尤傷棄厄臺。艱苦更燃高屈客，奮羅勝果釀甘杯。

安樂窩和崔氏〈黃鶴樓〉

陳彥峯

故交多以喬遷絕，麗景山餘雲閣樓。遠看白居今衣褐，重臨舊地獨飄悠。樊籠囚傲人難樹，狼虎鋤根志未酬。日暮鄉關晴宛在，藍巴勒畔老雛愁。

和杜甫〈登高〉

吳振武

歲暮深秋萬事哀，詩魂蕩氣九霄回。孤舟薄日隨風沒，濁浪排天接地來。猿鳥喚啼追遠客，渚沙清杳對空臺。仰瞻雲漢求凰志，灑酹江楓中聖杯。

和杜甫〈登高〉

世道摧頹百事哀，秋風吹恨幾多回。無邊苦海連雲起，不盡悲聲動地來。俠義常懷季子劍，孤忠每憶宋王臺。多情華髮蒼生願，玉宇澄清醉一杯。

董就雄

和崔顥〈黃鶴樓〉兼效其體

舊樓亦隨黃鶴杳，此日江邊非舊樓。形體自古孰不朽？舊樓崔子名悠悠。蛇山隱隱長春觀，望眼遙遙方丈洲。但得文章留勝跡，星移物轉莫須愁。

登首爾「北村韓屋村」瞭望臺沿途即景和杜公〈登高〉韻

秋日登臨且莫哀，舊韓村落與天迴。勾心簷角裁雲去，映眼民閭撲地來。掛蔓紅牆同禹甸，投懷黃葉滿高臺。杜公到此當陶醉，身世渾忘樂舉杯。

有謂李白登黃鶴樓後無作，後寫〈登金陵鳳凰臺〉，以倣崔顥〈黃鶴樓〉，茲倣其體兼用其韻作〈登鸛雀樓〉一首

鸛樓誰見鸛棲遊，鸛杳黃河如舊流。迄元戰火侵蒲府，即夜高臺成廢丘。依山尚睹中天照，映水今無昔日洲。千里欲窮崇舍隔，一層更上一層愁。

鄺健行

讀謝翱〔一〕〈登西臺慟哭記〉賦詩和杜公〈登高〉

萬斛量愁莫比哀，空餘忠影共旋迴〔二〕。陸沉何處生靈託？雲起〔三〕孤臣易代來。遠塞招魂歌楚些〔四〕，荒亭設主伏西臺〔五〕。不同子美身多疾〔六〕，慟哭江山奠酒杯。

〔一〕宋末人，抱亡國之痛，元初登西臺祭文天祥。

〔二〕「迴」據《仇注》用字。

〔三〕〈記〉云：有雲從南來，氣薄林木，若相助以悲者。

〔四〕〈記〉云：作楚歌招之曰：魂朝往兮何極？莫歸來兮關塞黑。

〔五〕〈記〉云：登西臺，設主於荒亭隅，再拜，跪伏。

〔六〕杜甫〈登高〉：百年多病獨登臺。

得免一首和杜公〈登高〉

得免桑榆切切哀，早隨鴻鵠與翔迴。曾探神窟濃雲撥，擬識方舟逖土來。四紀絃歌違世巧，一時人物話春臺。蔥蘢願入登臨目，好代詩翁續酒杯。

將進酒 或 浩歌（二零一九年二月詩課）

七言古詩，不限韻

周子淳

浩歌

古今偏愛一輪月，身半凡塵半仙闕。但聞人間怨別離，不辭出嶺入窗室。料想夜短古同悲，況復好事流年隨。君恨春歸誠難得，可知幾回送冬歸？七尺枯藤拙芽細，此蕊又比昔花麗。人生若無初見時，不勝傷春應無計。更深月色既朗清，對此獨酌足忘形。遍照千里非舊色，海上代有別浪生。

浩歌

嚴瀚欽

銀浦雲樓生瑤草，昨夜夢天自北冥。展翼始驚高處雪，不勝清冷歎零丁。欲承文心窺日月，舊園活水已荒池。經年墨跡無人問，潦倒生平群儕知。孤檠長照書中魂，有酒難消寂寞身。須臾白髮成流水，古今何處凝血神。楚有狂人惜鳳去，浩歌終日不得吟。縱有千斛濯傲骨，鈞天久絕裂竹音。孑立樽前思帝女，孤懸滄海銜山木。自詃寥落發鳩上，只因乘桴適湯谷。

將進酒步詩仙原韻

李敬邦

君不見太白金星下凡來，一歲大醉一千回？君不見脫冠狂士飛怒髮，酡顏霜鬢火燒雪？千年走馬影匆匆，古今同邀一輪月。好花安得無好句，時光一逝不重來。黑啤元紅白蘭地，佳釀總宜玻璃杯。調雞尾，煙雲生，將進酒，杯莫停。難得一知己，高山流水請君聽。眾人昭昭復察察，普天似醉知誰醒？酒入肝腸即屬我，何計身外千秋名？我醉忘機君復樂，滄海一笑歸諧謔。露飲不必拘名園，維港且對幽人酌。乘寶馬，揚輕裘，飽餐美景兼美酒，盡洗秋悲與春愁。

將進酒

陳皓怡

君可見風起南冥連北極，雲開玉闕九河清。君可聽無端萬物生消息，隔岸春潮帶鳥鳴。爽籟發，愁難并。紅粉落，畫橈驚。月到金樽聊劇醉，陸公美酒一時撐。飲卻人間有限酒，仙家尚有巴陵泓。光照觥籌影錯亂，座中伯倫意態酲。笑我在世不得意，久經沉疴學稱情。素知行路多塵垢，生非容易死非輕。微軀無望可報國，一命常與鬼神爭。幸爾拙才詩可報，胸中雲夢信初成。女子平生三尺書，送君江洛有才名。將進酒，莫逢迎。既無椒酒奠天地，我命由我兮杯自傾。

將進酒．戊戌香江

李耀章

君不見庫稅「中產」身上來，造島填海不復回。君不見貧病「中年」悲白髮，街頭臥到櫃中雪。民生困亂官盡歡，猶輸新民月繼月。緣君有親當重用，職瀆帳混還復來。私營僭建且為樂，高呼無錯再乾杯。莘學子、仁醫生，篤魚蛋，手莫停。向官申冤曲，莫奢為汝傾耳聽。遮頭片瓦千萬貴，龍床咫尺夢未醒。修橋鋪路皆寂寞，不見死者留其名。老少一躍奔極樂，數據和諧恣讙謔。千億何為言少錢？南水汲取北君酌。興舞馬，沽葛裘。率入醉鄉歎紅酒，目冥自消萬古愁。

浩歌

陳彥峯

陶鈞頑偶七竅多，一竅一識自摩訶。渾沌無聲枉鑿死，我輩呼嘘作亢歌。歌以長鋏討車食，坐之針氈啖之肋。志士固窮何怨嗟，劫殺慷慨直如賊。毋寧飯牛郭外門，扣角屬和動吟魂。嘉韶陋竹已為貴，靡樂玉笙不勝喧。另有髡首楚狂客，佯狂追鳳歎籍籍。勞心養性兩不縻，瑕垢未絕尚留璧。試看超然效莊周，輕死鼓盆又放謳。惜哉芒芴人間世，蓋笠穹廬還拘囚。盤古初化六合裂，昭蒙賢愚難為別。何當恣縱前人師，恕我頡頏寄妄說。

浩歌用李長吉南風吹山作平地韻

吳振武

晚風斜陽散霞綺，世事繽紛東流水。浮沉輪轉幾多回，西天極樂無生死。神農黃帝今古延，阿房銅雀一雲煙。日月星辰相推移，父母生前我是誰。人身大患費看護，魂是客兮靈是主。杜康臟腑通陰陽，法界虛空皆淨土。去自念兮來自如，十方塵剎好巡梳。莫負新醅添蟻綠，萬年朝夕何太促。

董就雄

《梁佩蘭集校注》完稿，欣喜莫名，乃擬吾夢與嶺南三大家對酌六瑩堂，藥亭先勸，余與翁山、獨漉隨之，兼設想諸人所語成〈將進酒〉一首，以申吾意

「君不見六瑩之堂藥洲邊，吾儕一去贉荒煙。幾許襟抱寄縹帙，知己寥寥三百年。又不見羅浮仙氣繞千里，中原名嶽足可比。葛洪丹竈沖虛畔，五色雀來巨蝶起。嶺嶠風物妙琳瑯，入吾筆端驅神鬼。將進酒，君乾杯。幽懷見天日，莫負黃金罍」。我言「玉巵當我勸，藥亭聲名春雷震。京華壇坫共南朱，粵東主盟英章煥。微躬校注盡寸心，欲得嶺梅天下綻。今蒙垂許先引觴，況逢翁友屈陳見」。二公亦傾壺，笑曰「子亦殊。俗士芸芸輕嶺學，爾獨黽勉守其初。二千瓊篇款曲繹，佚作爬羅冀無餘。繫月繫年月旦集，究其精亦究其粗。此般後學良可教，子當為己舉酒盂」。余云「宜哉飲為祝，三家論詩時人服。胸無唐宋日月新，大器早成開面目。已畦後著有《原詩》，挹彼注茲成醽醁。梁柴翁，獨漉公。屈介子，三高峰。恰值拙注將付梓，且共今宵盡瑤鍾。堂前何妨屬雪唱，遙遏行雲燕臺上」。

梁巨鴻

浩歌·半世紀老友酒筵

祺官酒後見風骨，月旦人為事事失。高談忘我便目空，口誅非是如刀筆。老來猶發少年狂。我言我是肆張揚。既無品祿來束縛，牛可吹兮官任傷。阿邦一言特有味。楊兄一言露才氣。去日回首長如河。今朝寧不感逝波。賢愚貴賤非所論，自顧所得今已多。量淺酒痕先上面，正恨未能醉酣歌。一杯一杯復一杯，醉中罵座有前科。有酒有酒不及亂，祺官聽我來調和。

紙（二零一九年三月詩課）

五言古詩，限上聲四紙韻

摺紙

林子茜

纖凝掩晴絮，晝影撥流彩。輕風盈雨織，演漾弄簾裏。季妹午夢醒，惺忪淺屣履。
昏昏無豔陽，悶悶欲啜涕。勸撫更咿呀，唾手拈素紙。摺攏鶴即成，翻疊漸綻蕾。
奇趣癡眉笑，瞥然清淚止。嬌賴爭欲試，揮秀如旗子。摹樣依葫蘆，草草無具體。
捏揉小扇開，對鏡自得美。仙鶴傲比翼，新蕾映丹紫。工致及淵奧，亦難獲其喜。
何須究毫釐，無端造宏侈。

信紙

簡金瓶

秋念逐葉旋，天地一黃綺。欲與訴衷腸，銀屏未盡旨。薄暮落一隅，信箋韶光啟。
稚語享趣聞，鼲然花相似。落紅曳瑤波，曇花生字裏。託景偕君歎，滿紙風月邇。
孤舟萬水過，盈眸寸寸紙。繫兩地相思，承四季悲喜。海角若咫尺，心晅日高壘。
碎言意圖空，徒剩冷冰矣。案前書長函，閒筆不復采。遙寄晚涼孤，還慰心泉洗。

紙船

陳江惠

倚欄煮茶青，庭前簇瓊蕊。興起攤書曬，紙船落玉几。驀忽憶兒時，重慈翻素指。
瞬即折舟成，伴我戲池鯉。枯悴年復年，難品肴膳美。月染滿霜華，憂思歸桑梓。
今揚一紙帆，悠緩向東駛。滿載深摯情，遙思寄於此。

電子紙

呂牧昀

科技日趨新，無端歸原始。世人敲字多，豈復筆與紙。插電智能通，革新徒為爾？
今來試手書，筆觸差可擬。提按鋒芒現，疏密皆由己。文章寄雲端，摹畫任驅使。
雖無嬌豔色，黑白亦可喜。繁華久經眼，終知素為美。

寒玉堂用牋

劉沁樂

名牋絕於市，一縑已足喜。王孫猶重之，蜀絹難比擬。螭紋色湛青，碎金亦無改。
奇質若春冰，纖潤透霞彩。淡墨殊風流，追慕二王體。知誰解倚聲，闋闋悲笳起。
寫盡凝碧情，舊恨紙上灑。南渡憶子山，銅駝心不死。讀罷覺神傷，楚客獨流涕。

周子淳

愛此一薄纖，素淡潔如洗。方寸納鴻鵠，乾坤無涯涘。輕疊此雙魚，隔山待君啟。
字疊雪浪箋，情意若滄海。爛漫由何覓？書頁藏知己。潑墨勝描虛，冷屏焉足禮。
且莫作機臣，今古縱變改。閒語二三言，任意不成體。便捷失本真，返璞惜我紙。

嚴瀚欽

童蒙字不工，涂寫盡柔靡。墨下生秋蛇，人嫌己亦鄙。家君眉常蹙，謂之為渣滓。
何不臨素楮，質直由茲始。蔡侯造赫蹄，所用皆稗秕。濯罷身似雪，堪得近文士。
飄然着白衣，風流論青史。俯仰千古事，硯前三四紙。執筆任消磨，無媚復無綺。
方絮雖咫尺，點染皆自喜。長記家君言，修身以為理。展捲當浩氣，千秋可不死。
今人多淪沒，對屏亂敲指。乖思無所依，命筆無所恃。胸中無翰墨，何如論才子。
素質日已遠，所書如亂蟻。不復衡陽價，百城今棄毀。哀哀再哀哀，昔卷羞再啟。
覆之土與塵，文心長已矣。

周碧玉

一紙何清白，默默任人使。山川隔千里，鴻雁可傳爾。離亂接家書，鄧通錢難擬。三都賦方成，貴絕洛陽市。炳烺金玉詞，高山唯仰止。錐沙屋漏痕，鐵畫銀鉤似。乾濕焦淡墨，心聲透於指。細調繽紛色，栩栩眾稱是。圖畫見留白，人生道理矣。文化得以傳，乃結中華耔。今倡數碼化，記事尚可以。書畫重情韻，猶賴此一紙。

鍾世傑

造紙談何易？尋微問天工〔一〕。揮斧斬嫩竹，百日浸池中。槌洗脫青衣，搗碎漿石灰。閉封楻桶內，紅火煮千回。蕩料入筠簾，厚薄倚力添。覆簾板上壓，滴盡水不沾。焙乾成活頁，集成開物訣。世事皆藏此，正待時人閱。

〔一〕天工，《天工開物》。

陳皓怡

素質憐天生，常得近文士。風流昭日月，舒卷去來此。憶昔堯舜時，莫不受文理。
玉尺隨唐漢，詩成載於史。風流日已遠，素質日已毀。衡陽不勝貴，一朝厭朝市。
世道無由直，世變孰能止？兔尖云多病，故人盡相委。心事莫將報，不堪酬知己。
提筆良未下，揖手謝五鬼。我欲棄書硯，一飲墨池水。胸中浩氣具，瀉筆自千里。
清白雪難如，薄命貧未死。人情今若何？應云薄乎紙。

岑子祺

脆薄如羅綺，剪裁有奇士。成品千鈞重，古今歎觀止。輕量隨身行，孤燈伴遊子。
心聲託鴻雁，足慰鄉耆齒。染彩若雲霞，巧藝布花市。何需金玉飾，簪鬢皆蘭芷。
伯牙撫琴音，必入鍾君耳。筆硯尋莫逆，舉世唯一紙。

「通草」紙

李耀章

時云保育好，豈容世獨美。環顧乏勝物，尋覓唯向史。風雲百年過，彈丸廣州市。
昔作民間戲，一現通草紙。文化至寶獲，非遺今起死。或道價值高，又曰着色綺。
齊放專家言，及人更推己。紛紛爭承傳，唯吾最得旨。另闢蔡倫徑，製法無留滓。
中繩未勞墨，雪白取其髓。再借良工刀，刨刮憑手技。片薄光亦透，莫辨本係棰。
有幸窺堂奧，惑矣愚小子。是草復非草，實心何通似。開口問諸君，冷眼兼不齒。
恕我識字少，翻書細細揣。通脫原為木，脆弱難付梓。蓪草紅藍花，采芑亂芣苡。
盲目五色故，真如誰能視。當下名利熏，嗚呼可奈此。

陳彥峯

昔我童蒙時，寶玩多由紙。把筆漫描圖，摺翼隨風起。六歲入序庠，更用學要旨。
臨摹字不工，素面屢敗毀。十八赴考場，堆疊巉岩似。埋首方絜間，鬥眼墨卷裏。
而後志學詩，草楮棄不已。偶合錦章成，躊躇心自喜。業卒為纂修，與之又親邇。
點竄計無從，折耗奔流水。於今忝作師，習題常構擬。隆隆復隆隆，複印勞不止。
倏忽近半生，生生仗賴爾。靡費何萬千，跬步進尺咫。雕龍不類龍，畫虎反犬豕。
且幸每有需，坦平任供使。來日尚崎嶇，畏途還迤邐。敝布碎麻頭，取用乃有俟。

吳振武

伏羲畫八卦，陰陽分判始。神農嘗百草，藥食同源水。軒轅啓醫道，文明垂綱紀。
自從蔡倫來，四寶乘運起。事理越時空，無遠弗屆只。祧祖孟堅文，天人子長史。
右軍帖淋漓，左思賦披靡。詩畫唯摩詰，辭騷念屈子。蘇軾三絕奇，薛濤獨箋綺。
家書報平安，萬金何能抵。杜癡張水部，啖之若甘旨。安徽六尺宣，潔白天下美。
久視療頭目，超勝芎藭芷。萬變任興廢，正氣存不死。偉哉蔡敬仲，思之未能已。

梁巨鴻

破布與樹皮，人棄乃原始。孰料光大後，揮霍無境止。妙手著文章，毋負洛陽紙。
書畫出名家，丹青見煥綺。董狐有直筆，簡冊衍詩史。翰林述而作，五車載不已。
紛紜論是非，濟濟來多士。不能守玄默，一吐千萬旨。愛我知我者，豈唯二三子。

四大美人（二零一九年四月詩課）

七言絕句，詠西施限上平四支韻、詠王昭君限上平十二文韻、詠貂蟬限下平二蕭韻、詠楊貴妃限下平七陽韻

李曉晴

詠王昭君

萬里黃沙直捲雲，琵琶曲怨不堪聞。輕輪半闋絃音絕，一片丹心破野墳。

詠王昭君

胡穎祺

漢國安危牽一線，黃沙滾滾路難分。南飛塞雁長空墜，青冢香煙四海聞。

詠楊貴妃

林子茜

凝脂懿懿深宮醉，無意權謀竟受殃。琴瑟相知吟白首，孤魂潛夢寄留香。

詠西施

簡金瓶

身獻吳營絕世姿，吳亡皆盡罪西施。玉顏反遇江潮吞，唯有河沙葬麗姬。

詠王昭君

陳江惠

庭前豔蕊霞腮映，再顧城遙馬踏紛。紅袖抱琴癡落雁，琵琶怨曲幾人聞？

詠貂蟬

廖韋堯

長吁無阻國蕭條，府上歌姬計可邀。十路諸侯回馬處，凱旋卻以女兒腰。

詠西施

劉沁樂

豈是尋常好顏色，惱人奇計獻奇姿。五湖攜手垂垂老，不復浣紗閒玩時。

詠楊貴妃

朱桂林

葉落驪宮紅柿煌，貴妃仙影伴朝陽。可憐玉損江山保，美女含冤禍水殃。

詠西施

嚴瀚欽

越女愁顰濯浣水，君王何苦醉西施。吳魚罷作江山夢，難比翩翩去棹詞。

詠王昭君

琵琶落雁陽關外，萬里和番報國君。暫息狼煙猶衛霍，論功四美首昭君。

周碧玉

詠王昭君

文成入藏梵香薰，天寶傾城漢殿焚。功過千秋緣一婦，畫師豈必負昭君？

李敬邦

詠西施

浣紗神女舞妍姿，一笑亡吳豈足奇。娛放娃宮無晝夜，夫差如醉復如癡。

鍾世傑

詠西施

木瀆欄圍待越師，浮糠熱暑惱人吹，寒泉幸未傷子弟，巧智深謀總有知。

葉翠珠

頌明妃

孤身絕色平烽火，倚馬琵琶落雁群。蠻俗善移巾幗手，恨無青史記英勳。

岑子祺

小戲骨貂蟬

朱唇說戲向人嬌，十一非於二八遙。惜恃功夫勝兵士，皆為杜撰續無貂。

余龍傑

詠楊貴妃

李耀章

都是紅顏命一場，修真養潤待君嚐。身心抵得當朝政，癡對白綾歌恨長。

詠西施

吳振武

錢塘越女浣紗夷，蹙額沉魚絕世姿。覆滅吳王無間道，千秋豔諜是西施。

詠貂蟬

董就雄

誰能羞月隱中霄，董卓被誅非為嬌。說部由來虛過半，美人傾國久傳謠。

詠西施

梁巨鴻

浮江一筏是鴟夷，中有佳人自姓施。迷得君王嬌媚態，欲加之罪罪難辭。

晚涼（二零一九年五月詩課）

五言律詩，限下平七陽韻

余澤世

斜陽青嶂遠，明月好遙望。暮靄臨吳野，西風過楚疆。連天秋色重，遍地桂花香。萬籟都將寂，今宵一夜涼。

李曉晴

夏夜多炎熱，南風忽入堂。風寒侵弱質，病體臥羅床。勿道持冰碗，應須閣酒觴。當思行後果，莫顧眼前涼。

黃嘉雯

夕夕待花芳，仙來帶玉裳。鳴琴傳妙籟，暗水泛流光。美月臨幽境，清風送晚涼。寒居縈笑語，夜起白曇香。

朱桂林

堞上晚風涼，紅輝伴夕陽。客遊單騎疾，燈列錦旗揚。聖哲疏槽水，潛龍鎮堡牆。星光寒薄袖，取暖石汆湯〔一〕。

〔一〕石汆湯為西安永興坊美食。沉烤石於湯中，俟湯中肉料煮熟後取食之。

周碧玉

竹影掃東牆，開軒接晚涼。微風吹鬢亂，細雨潤花香。鳥返枝頭蕩，蛩催夜幕張。空庭月作伴，釃酒寫文章。

李敬邦

日落霞如火，邀天酌幾觴。捲雲風躍馬，灑地月凝霜。爽浪沖喉齒〔一〕，藍冰鎮胃腸〔二〕。空調無所用，心靜夢甜香。

〔一〕爽浪為薄荷糖牌子。

〔二〕藍冰為啤酒牌子。

盛夏晚涼

鍾世傑

薰風侵病榻，炎鬱困心房。殘暑蒸衣濕，暮蟬鳴夜長。晚雲初散熱，宵雨忽生涼。
漸覺煩囂遠，聲微入夢香。

憶鄉間晚涼

岑子祺

暑天難入夢，思緒忽還鄉。遙憶門前月，重添樹下涼。微風掀翠羽，曲岸發荷香。
晚景驅炎氣，何愁夜未央。

余龍傑

細雨連幽思，東樓此晚涼。蛙隨玉階濕，柳上月弦霜。獨客勞還病，故人疏漸忘。
遙鈴枕邊聽，傳訊濯青蒼。

李耀章

奇

初夏望端陽，寒衣慢入箱。倚南瀰濕重，向晚意徜徉。卻襲炎炎氣，淹留冷冷房。低鳴縈馬達，心亂自難涼。

正

小城新近晚，雲密蔽餘陽。亂颯終窮暴，明珠不復光。催歸來或去，猶聽慨而慷。街角人煙渺，承寧茶已涼。

陳彥峯

其一

維夏陂風起，中宵水月蒼。小兒酣在夢，半褥覆於床。室靜宜攤卷，神思且別鄉。虛簾翻北牖，自謂近羲皇。

其二

氣翳披幽圄，雷鳴悶外塘。沉吟胸次鬱，泠拂望中颺。習坎難通阻，維心自有方。暮榆何徙倚，好納晚來涼。

吳振武

丹荔映荷塘，炎暾送夕陽。雲沉還霧閉，月隱復星藏。雨過書齋潤，風來翰墨香。晚涼宜導引，我愛夏宵長。

董就雄

其一

寒衫早入籠，時節未端陽。侵夜清飈起，和衣兩袖長。縱加巾蓋薄，難抵一宵涼。移被妻身上，從教夢更香。

其二

頗愧為人父，年來百事忙。看兒唯在夜，添被漸成常。熟睡顏如我，閒臨月似霜。但能三子暖，不寐又何妨。

鄺健行

執手柔荑白，攀山落日黃。風情堪一笑，意氣總吾忘。老豈懷靈筆？詩難飛冷香。崢嶸雲赤紫，安得蕩荷塘。

香港博彩（二零一九年七月詩課）

五言排律，不限韻

賽駒自述

李敬邦

我祖非凡類，真龍出九天。騰雲追烈日，吞浪竭長川。滾滾塵中躍，蒼蒼月下眠。
同奔俱駿驥，自在似神仙。吾父人之愛，兒孫轡所牽。一生尋伯樂，九死效龍泉。
將帥軀捐國，君王志拓邊。烽煙瀰漠北，汗血灑居延。封建刀弓汰，摩登炮甲堅。
老身歸皁櫪，名種賽沙田。觀眾忙投注，騎師猛着鞭。馬經成聖典，誰不拜金錢？

賽馬

鍾世傑

人海湧沙田，追增賀歲錢。投金押重注，扼票寄新篇。眾目凝飛馬，群心動急絃。
身搖頻起坐，聲吼快加鞭。駿驥憂隨後，駑駘更搶前。瞋眸希變局，切齒怒揮拳。
衝線終蹄失，敗財今債纏。真經遺遍地，彩券撒彌天。誰謂賽駒樂？愁來日慮煎。
輸贏非易測，賭夢總難圓。

賽馬趣

岑子祺

奔駒賽百年，來復戰頻宣。賭友皆傾注，騎師直策鞭。雷神稱霸日，蔡廄奪標天。
雙勝爭分秒，三重得萬千。分門聞訊捷，混合過關穿。癡者均精算，狂生竟鑽研。
小參能悅性，大押易翻船。博彩非唯惡，真知趣盎然。

六合彩

陳彥峯

乾坤挪渾氣，覆載合璃球。宇內鮫瑰瀉，圜中羊角浮。迴翔馳大塊，踴動競先籌。
誰掌泰恒律，自登霄漢舟。冥冥當結定，總總妄希求。四列旁觀客，雙瞪急熾眸。
隨丸哀樂發，執票死生勾。小往微錢注，時來巨賞收。脫胎憑此券，再世慮鴻猷。
辟地旋揮別，舉身堪壯遊。軒昂捐舊屋，土散市新樓。節概泥雲隔，虛勞早晚休。
萬民同一念，六字解千愁。沈子嗟窮達，南柯附穴丘。劍書為逸逸，富貴杳悠悠。
逸想難移運，癡人愛夢周。苟獲穹隆眷，豈負稻粱憂。反顧圓儀裏，彼珠相似不？

吳振武

香江賽馬日，馬場論英雄。人聲翻沸鼎，氛態貫霓虹。豈獨黔首客，還多白頭翁。
烏騅氣蓋世，赤兔勇冠驄。雙耳如批竹，四蹄若乘風。騎師鞭雨下，的盧汗淋空。
位置應在望，連贏更見融。勝負顯時運，博弈無始終。有賭未為敗，樂建慈善功。

董就雄

博彩論香島，皆知六合名。蹴球占主客，策騎買輸贏。注站門如市，分錢億易成。運籌看馬會，捐獻著芳聲。庠校滋蘭眾，醫樓接宇晴。公園悅童幼，廣舍護耆英。嘉惠環區滿，流光日月明。慈懷堪轉性，小賭得怡情。化惡能為善，觀虛可守盈。仙凡唯一念，準此悟人生。

前十數年與友人赴澳門搏彩記事戲為十二韻

鄺健行

濠江渡洋至，搏彩入葡京。未顧繽紛飾，殊懷忐忑情。串錢圖萬貫，寸餌釣游鯨。撲克多虞詐，羅盤若允平。仍趨大小桌，不聽擅搖聲。四點隨心下，同儕瞠目驚。注孤金盡擲，骰聚數難并。豈料瓷盅揭，終逾十倍贏。出門新馬路，伴我孔方兄。美饌橫街覓，庖人妙藝呈。滑鮮蒸海產，濃郁燴蛇羹。鼓腹中宵後，休論白髮生。

秋興步杜公韻（二零一九年八月詩課）

七言律詩

步杜老秋興其三韻

嚴瀚欽

窗台紙澀照餘暉，昨夜詩痕漸入微。飲後空庭長寂寂，起來亂鳥復飛飛。千宵酒醉終須醒，一室燈昏可不違。獨立兩間蕭瑟影，高門犬馬自輕肥。

林家輝

異國逢秋三首

序

霜侵碧樹映斜暉，獨躡東濱宦薄微。駿驥人知才遠騁，鯤鵬海運自高飛。商君創法終途絕，陶令折腰初願違。且樂濁醪當暢飲，鱸魚爽口蟹鮮肥。

過清水寺

和僧渡海習唐功，建塔傳今鬧市中。石檩殷勤斟冽醴，歌臺寂寞接秋風。京華隔靄遠山白，昃昱穿扉落葉紅。振袖熙熙音羽道，憑軒獨酌避秦翁。

二條城懷古

金風搖落二條池，庭冷垣空孤鶩悲。黑艦叩關摧古制，德川還政應當時。昭和軍亂鐃歌起，麥帥民權法令馳。幾度興亡悲笑事，茫茫天命引深思。

九月開課將執教居港亞裔學子步杜拾遺秋興八首其七韻

葉翠珠

香江盛世數誰功，亞裔諸邦翹首中。耳息蛙鳴忘暑氣，衣沾露濕感秋風。教臺尺近能客眾，朱筆毫輕慎落紅。漢語華洋同勉學，或言典雅賽莎翁。

即事步杜公秋興其一韻

陳彥峯

八月霜楓未入林。髓膚敲割冷森森。瘴雲千里長翻動，裨海一隅瀰黲陰。雨苦頻催今日淚，花零忽抱歲窮心。天低夜近征衣薄，還聽聲聲斷續砧。

梁巨鴻

世事如今似奕棋。繁華百載不勝悲。無家無國開新局，去殖去英異昔時。戀殖忽來英纛舞，雷光急若羽書馳。魚龍戲罷何人益，心力枉拋好反思。

心之憂矣拗調一首步杜公「昆明池水」韻

鄺健行

睥睨心期不世功，要看匍匐盡寰中。臂恒引遠留泥爪，君以反常吹道風〔一〕。恣攬雲沉海立黑，休鋪春鬧花開紅。龍吟未必和聲繼，北望秋山獨泣翁。

〔一〕豈反常合道也耶

附記：《仇注》引《杜臆》：胸有抑鬱不平之氣，而以拗體發之，公之拗體詩大抑如是。

李杜蘇黃（二零一九年九月詩課）
五言絕句，不限韻

楊雯鈴

詠李白

江山萬里河，月夜感宮娥。酒過驚天句，飄然落寞歌。

詠杜甫

濁酒別離愁，詩書萬卷憂。武侯兵未捷，落日一沙鷗。

詠蘇軾

筆下有汪洋，芳傳百世香。一蘇才八斗，卻見滿庭霜。

詠黃庭堅

朽石化金沙，蘇門出綠芽。親心明孝報，寄客一篙花。

詠杜甫

凌峰霄翰振，春望故城宮。守志憂黎庶，寒衾老疾終。

林子茜

詠李白

陳江惠

鵬騰風共起，萬里上扶搖。雖憾凌穹碧，邀杯復洒瀟。

詠蘇軾

劉沁樂

黃州一老翁，杖履雨聲中。藏海非君意，飄然駕雪鴻。

詠李白

嚴瀚欽

煙景笑蓬蒿，行舟氣正豪。謫來詩共酒，猶不負風騷。

詠杜甫

老來多酒債，匡世厭朱門。抱病臥茨宇，猿鳴添鬢痕。

詠蘇軾

把酒對青天，青天羨老仙。敲門雖不應，江海寄流年。

詠李白

太白謫凡仙，銀河落九天。乾坤一時醉，吐玉出名篇。

詠杜甫

子美語驚人，書通筆有神。匡時儒者志，吟詠每哀民。

李敬邦

詠蘇軾

東坡才冠世，書畫復文詩。赤壁三詞賦，江流萬古垂。

詠黃庭堅

山谷允詞宗，江西百代崇。煉金師老杜，硬句透禪風。

詠李白

桃潭浮白玉，獨酒伴花間。一葉孤舟別，飄蓬復再還？

莫家寶

詠李白

岑子祺

華滋透道光，金石歷千霜。欲攬當時月，邀君酌夢鄉。

詠蘇軾

陳彥峯

氣直任馳驅，天真莫傚摹。蟄龍泉下見，已復起南圖。

詠黃庭堅

戛戛豈從常，靈丹點鐵方。隔簾聽曲調，解鞘綻鋒芒。

詠李杜蘇黃

吳振武

己亥仲秋，宴居塘坊〔一〕。中宵寤寐，素月流光〔二〕。輾轉思服，攬衣起牀。因題思詠，李杜蘇黃。

太白金星降〔三〕，西涼詩酒仙〔四〕。中秋明月夜，獨酌舞翩翩〔五〕。

廣廈千金價〔六〕，黎元望眼穿。中秋明月夜，歎息屹窮年〔七〕。

五祖前生戒〔八〕，眉山笠屐仙〔九〕。中秋明月夜，尊酹共嬋娟〔一〇〕。

領袖江西派〔一一〕，詩書百代傳。中秋明月夜，樽酒醉舟前〔一二〕。

〔一〕塘坊，元朗屏山塘坊村。

〔二〕素月流光，陶潛〈雜詩〉之二：「白日淪西阿，素月出東嶺」；杜甫〈湖城遇孟雲卿〉詩：「室照紅爐簇曙光，縈窗素月垂秋練」；曹植〈七哀〉詩：「明月照高樓，流光正徘徊」。

〔三〕李白字太白，因其母夢太白金星而生李白，世稱謫仙人。

〔四〕李白自言祖籍隴西成紀，先世西涼武昭王李暠之後，與李唐皇室同宗，世稱詩仙、酒仙。

〔五〕李白〈月下獨酌〉詩：「花間一壺酒，獨酌無相親。舉杯邀明月，對影成三人。我歌月徘徊，我舞影零亂」；曹植〈贈白馬王彪〉詩：「歸鳥赴喬林，翩翩厲羽翼」；屈原〈九歌·湘君〉：「石瀨兮淺淺，飛龍兮翩翩」；張華〈鷦鷯賦〉：「翩翩然有以自樂也」。

〔六〕廣廈，杜甫〈茅屋為秋風所破歌〉：「安得廣廈千萬間，大庇天下寒士俱歡顏」。

〔七〕杜甫〈自京赴奉先縣詠懷五百字〉詩：「窮年憂黎元，歎息腸內熱」；韓愈〈進學解〉：「焚膏油以繼晷，恒屹屹以窮年」。

〔八〕蘇軾前生乃五祖戒禪師。

〔九〕蘇軾，四川眉山人，嘗居儋耳遇雨，乃從農家借笠戴之，着屐而歸，後世乃有東坡笠屐圖畫作。蘇軾自號東坡居士，瀟洒不拘，世稱坡仙，宋許月卿〈項似道眉子硯〉詩：「坡仙為欠十眉詠，李及何妨一硯持」。

〔一〇〕蘇軾〈念奴嬌〉詞：「人生如夢，一尊還酹江月」；又〈水調歌頭〉詞：「但願人長久，千里共嬋娟」。

〔一一〕黃庭堅，字魯直，號山谷道人，江西九江市人，北宋著名詩人，江西詩派領袖，與陳師道、陳與義為江西詩派三宗，而以杜甫為祖，世稱一祖三宗。

〔一二〕黃庭堅〈河舟晚飲呈陳說道〉詩：「西風脫葉靜林柯，淺水扁舟閣半河。落日游魚穿鏡面，中秋明月漲金波。由來白髮生無種，豈似青山得不磨。勝事只愁樽酒盡，莫言爭奈醉人何。」

李杜蘇黃四絕句

仙才期見用，一意淨胡塵。入幕失嚴慎，吁嗟貽世人。
忤主因房琯，官卑志不卑。孤忠垂百世，稱聖捨其誰。
新黨頻擠陷，難安舊黨心。執中時不合，可以況於今。
晚歲貶宜州，泰然棲戍樓。才華並坡老，際遇亦相侔。

董就雄

詠李白

梁巨鴻

耻作蓬蒿客，出門大笑狂。一生都失意，跋扈更飛揚。

詠杜甫

鄺健行

薊北胡塵起，收京奉至尊。非忘凍死骨，家國重私寃。

詠蘇軾

不謂峨嵋客，風懷止大江。三更攜素手，幽夢小軒窗。

外傭行（二零一九年十月詩課）

七言古詩，不限韻

周碧玉

香江巾幗疏內則，男女專司不復明。埋首打拚唯營役，雜務他託求身輕。僱得傭人千里至，才德習性難辨清。家中萬事齊交付，上及椿萱下至嬰。灑掃鋪床理衣裳，還須按時飯菜成。籌算甚如意，現實豈能似夢呈。外傭終屬異鄉客，飄洋只為生計營。數載離鄉積糧足，打疊細軟歸故城。噫！能養僅其下，育幼應惜天倫情。

記電影《淪落人》

岑子祺

菲女勿已棄賞錄，遠赴異鄉為傭僕。風雲際遇任東流，只期家主性仁篤。縱有里人勸佯愚，依舊胝肩與繭足。東家原來黃衫客，直眼感念聽衷曲。半生愁腸轉熱腸，傾囊不忍貧埋玉。以沫相濡淪落人，窮病纏身似囚獄。彼此熱誠暖四周，暮雲終散見晴旭。

李敬邦

北飛千島越重洋，來港隻身謀稻粱。權屈蝸居持庶務，低薪儉用寄家鄉。主人獨子極疼惜，任重帶孩兼母職。最是牽腸哭笑聲，一如親子苦相憶。偷來週末一天閒，雲集維園擺地攤。歌舞歡騰聊作樂，且嚐風味念家山。他年幼主長成日，烹犬藏弓唯歎息。忍見同鄉遍體傷，良心僱主何方覓。

陳彥峯

異地傭，類飄蓬。孤身渡大海，捧心憂忡忡。初抵市城誰家投，粗褐薄履如征囚。執帚烹食滌衣物，俯首汗淚相和流。主人勸慰來問詢，胸次苦旨難具陳。小兒臨別牽衣哭，未解棄襁分道因。田圃稼穡端難計，縱上高校還勞辛。試從鄉里慮遠路，生資景運望此津。主人待我善，安所且足膳。鄉里屈抑多，為傭更為賤。異族同室互猜嫌，屢遭睚眥詈酷嚴。恭踞分明感欺辱，勞瘁終日酬未添。或有青春已赴港，待現華顛始歸閭。半生仰人籬下寄，廚房僻地寢寒炎。長女信將步我後，卒業還來得聚首。菲國女兒此為珍，男兒反留家中守。豈不聞諸婦出走故里閭，都集香江各區有。嗟怕代代襲無窮，落拓無根俟墳塿。

吳振武

我家生兒八十後，香江繁華龍蛇走。夫妻拚搏疏中饋，青蚨囊括無譽咎。合什感恩菲律賓，輸來傭人真善友。姑嫂齊心同效力，殷勤家務不煙酒。中菲相處樂融融，兩兒長成雄赳赳。光陰飛逝十有年，兩傭思歸無獨偶。人世原無不散筵，機場送別三揮手。當時惜別正依依，細雨紛紛清明柳。今日街頭看菲傭，緬思低迴惆悵久。

董就雄

其一

君不見香江外傭四十萬，週日出行密似雁。天橋鋪席兩邊排，臥眠橫斜闌干畔。又不見公園芳圃深隧中，斑斕色彩滿傘篷。笑談分食頻張指，層雲如積道不通。道不通兮莫怨懟，流連無處良堪憫。港人借力家傭多，扶老顧幼得心穩。馳騁職場倦歸家，家務重繁賴可緩。宜當覓所安其群，社區會堂能容身。林林校舍開放好，或歌或舞且任真。背井迢遙斯輩苦，援手互施共睦鄰。

其二

中產家庭香島眾，生計殷勤仔肩重。兒女紛紛假外傭，晝夜料理還接送。人性本多惡辛勞，從茲萬事賴伊曹。衣來舉臂張飯口，有杯到唇忘伸手。氣使頤指慣橫行，日居月諸逆鱗生。粵調且染他加祿〔一〕，英語音聲摻菲讀。課業甚或倩工人，父母意欲圖閒身。嗟哉如斯非正理，借力宜乎得其美。家務繁雜可由他，育才培品當憑己。放任自流莫知止，滔滔不回若逝水。

〔一〕菲律賓國語名稱。

梁巨鴻

我家素未僱外傭，頗覺族異心亦異。近年後生入行少，通漲薪漲傭難致。因緣巧合聽天命，千里迢迢外傭至。只知我家添一口，那知渠有辭鄉淚。借債一筆分月還，中介原來必取利。別井拋離難為婦，幸今通訊便而易。己亦有家有家務，男內女外唯放棄。行前叮囑好丈夫，將來佳景君須記。作傭終日笑面迎，埋首家務無怨懟。我乃慶得好傭工，一番辛酸暫時避。主僕兩間同是人，何由得來有虐事。

維園外傭行

鄺健行

群傭假日聚維園，泰國印菲族異源。攬臂友儕騰歡忭，鋪席濃陰散臥蹲。斑斕彩服朝霞映，唼喋碎音巧舌翻。起拍妙旋隨舞樂，有時慵倚浴風暄。風暄北土居殊好，家務高薪事不繫。但覺佳時過轉瞬，願期後會別黃昏。不意悲歌炎夏起，灣畔名區男女子。週末嘯呼趨廣場，星旗搖蕩宣宏旨。後前道阻易迷途，千萬肩摩難舉趾。嗟嗟斯圃豈宜憇遠人，請擇他方定行止。

偶題（二零二零年一月詩課）

七言絕句，限上平八齊或下平十一尤韻

劉沁樂

其一

一夜蠻煙催淚流，寒心始悟放翁愁。人間已絕桃源夢，泣寫同光句不休。

其二

吞聲夜對馬灣頭，蝕骨寒添劫難愁。變歷吾鄉增客感，死生時節夢蒼虬。

交通癱瘓二首

朱桂林

其一

交通受阻使人憂，捷運遭殘路靜幽。水道欣聞供送客，人多渡少浪生愁。

其二

枝寒無處可幽棲，鴉雀傾城盡亂啼。檯下青鸞空舞鏡，終宵長泣正淒淒。

偶題

楊煥好

晃眼人生六十秋，依然耽愛墨池遊。凝神摹寫蘭亭序，何日清觴曲水浮。

感時

李敬邦

乘風獅嶺亂鴉棲，拍翼凌空不住啼。堪歎紫荊紅漸褪，誰憐歸客路途迷。

枕上偶題

枕邊心搏未曾休，達達蹄聲意識流。白馬紅塵鞭影裏，幾多美麗枉回眸。

脫癦

李耀章

天貽白玉戚沾泥，淨面難除滿面黳。中佬美容君莫笑，為移病灶換新荑。

驀然回首

立足已然年近晚，風波又起續沉浮。凌雲壯志今何在，天命無常孰與謀。

觀魚偶題二首

陳彥峯

其一

魚蝦類異強為儔，競食依棲總自謀。盈尺草魟充蓋壤，淄澠尚辨不同流。

其二

大魚高溯小魚低，分道相安兩別睽。弱肉何為強口食，危心一意力推擠。

偶題

吳振武

己亥冬日之澳門綜合文化中心聽韋瓦第《四季》小提琴協奏曲，歸而作。

濠江別後意悠悠，雲淡風輕月色收。低首還思四季曲，調神養氣更無愁。

讀後殖民理論創始人薩伊德《東方學》有感國勢偶題

董就雄

路滯百年何足提？列強圍堵至今悽。東方崛起依然夢，話語論權尚在西。

學校評審偶題

梁巨鴻

七十餘年名未正，上庠評審倦無休。新春諸事期同順，縱目香江淑景收。

風雲才調退而休。所欲從心本自由。避事亦知何謂耻，閉門種菜可封侯。

鄺健行

偶題

少年昌谷詠吳鉤，要取關山五十州。莫道無人覆杯水，坳堂芥葉論沉浮。

庚子將至，集句迎春，未能用限韻為憾

天外黑風吹海立（蘇軾），日邊紅杏倚雲栽（高蟾）。錦江春色來天地（杜甫），嫩蕊商量細細開（杜甫）。

擬古詩第二十首（二零二零年二月詩課）

五言古詩，不限韻

劉沁樂

今夕復何夕，往歲不可追。重臨踏幽徑，花氣褪紅時。昔年鞦韆架，相聚三五兒。
同遊日與暮，放懷奔馬姿。夢被蒼狗噬，再憶悔嫌遲。經行蹴鞠地，滅沒有誰知。
扶闌拾級上，惻惻苦寒吹。蒙童求學處，粉牆跡已衰。欲探幼時師，此願緲無期。
對此淒酸景，鷓鴣也啼悲。霓虹照孤影，積哀繫小詩。

鍾世傑

少受將軍令，離家赴戰場。風沙催人老，白髮已蒼蒼。流光逝難追，羈絆豈易忘。
永夜心寂默，皎月照空牀。對景只流淚，思親更斷腸。恨別會無期，各在天一方。
借酒唯求醉，夢魂歸吾鄉。

岑子祺

凌冬喜麗日，歷歲嗟浮生。窗外何明媚，心中比寒更。亥年風煙過，佳節瘴癘頻。
無樂猶遮面，避禍忍囚身。一時流言遍，屯宅不吝銀。舉目四野亂，聞訊五內焚。
唯求炎夏至，驅疾拯黎民。

陳彥峯

濯濯山中木，汩汩流水響。泉響入我耳，勸我絕塵想。久坐東窗下，觀書意罔罔。
簪纓雖可慕，宮闕遙及仰。復畏高處寒，危身自難養。窮達或有當，時命莫能掌。
哀彼樊籠鳥，亦傷牛脖鞅。人生多無謂，恰似墮罟網。

世事良難料

吳振武

世事良難料，一朝忽別離。東南與西北，千山隔天涯。永年無消息，會面那可知。
阮郎悔羞澀，青鳥歸故枝。愁思深且遠，惆悵苦不緩。身無雙飛翼，心存去復返。
歲華暗搖落，遲遲日已晚。流水尚能西，廉頗固能飯。

董就雄

其一

漠漠愁雲積，終夜不能寐。疫癘劇流行，人如朝露逝。染者無從數，往來多相累。
舉目向城中，廣衢杳車騎。新墳滿近郊，風拂松楸翠。春禽影亦滅，蒼茫天地異。

其二

春陽久不來，哀風一何厲。但聞喪家哭，莫見親朋至。災疫人自危，百物何由置？
知交成陌路，相逢猶急避。醫者難命保，噩耗聞相繼。會當速遁逃，生機或可冀。
無為困孤城，坐守以待斃。

朱少璋

一自狂潮起，交遊日已非。常恐言不慎，語出理相違。習文難濟世，題詩力尚微。
丁茲風雲變，筆伐者幾希。昨逢上元月，幽幽發清暉。不堪持君贈，留與照寒衣。

梁巨鴻

人壽不滿百，何必千歲憂。感彼柏下魂，思之萬事休。忘我也易為，有病忽自瘳。
非有天人姿，毋望射斗牛。非有金石堅，健在無所求。今日之日始，好事良相儔。

鄺健行

南國仍清寒，時節逾春至。斗室蜷跼居，直北日縈意。雲夢忽祲癘，朔風狂且肆。
呼嘯折同根，渺渺陰陽異。夙夜吞悲聲，泉臺疑不寐。積哀入夢魂，夢魂共涕泗。
無復採芙蓉，殷勤之子遺。

網上視像詩會後有感（二零二零年三月詩課）

七言律詩，限下平十二侵或下平十三覃韻

楊雯鈴

疫病無情肆意侵，知音不見亦難尋。明章警句輕鬆會，愛韻長詞漫誕吟。金線傳聲同譜律，銀屏送暖共諧音。高峰萬景皆文思，隔阻無妨寄我心。

劉沁樂

其一

腳程省卻有閒心，網會初行不廢吟。戲觸視屏遮己貌，暗調聲浪避喧音。隨君妝點景頻換，經意剪裁詩耐斟。幻境浮觴求好句，積哀暫擲送輕陰。

其二

困居箕子自難堪，不廢清吟在嶺南。欲借腥風營苦句，得從幻境續新談。視屏相見如相聚，詩律細裁兼細參。愁緒難除鬼同哭，浮觴愛與飽君探。

嚴瀚欽

風衰板蕩客驚心，卒癉人間莫獨吟。席上靈犀營古意，雲端雅會濯丹襟。幽居怕對屏中影，苦句徒求絃外音。縱向八荒悲死地，迢迢幻幕自消沉。

周碧玉

駭人疫癘香江蔓，聚首交流禍益深。幸有高人施妙策，能教雅集和知音。借來網絡成新徑，坐對熒屏寄墨林。古韻凝香跨地域，無邊創意自敲吟。

鍾世傑

雲端織網迅傳音〔一〕，社聚銀屏古意尋。暫借繆思添雅語〔二〕，兼憑德律聽清吟〔三〕。相隨詠志人方醉，互動交鋒興轉深。暢敘何愁時地隔？情牽彼此賴詩心。

〔一〕迅，Zoom 音譯。

〔二〕繆思，Mouse 音譯。

〔三〕德律，Tele 音譯。

黃榮杰

月會杜門驚瘥癘，居家屏幕得同參。古風咳唾澆枯肺，舊雨來回作善譚。增寫佚名詩十九，相知亂世客東南。新聞豈可愁終日，文藝時兼科技探。

岑子祺

頻憂疫氣遍城侵，可奈詩文空自吟。網路無垠通絕處，幽居有幸感清音。喜持平版見佳友，羞閉屏窗掩敝襟。蹊徑別開舒鬱結，光纖一接會知心。

李耀章

其一

隔幕相看真亦假，忘年酬唱北和南。光纖導緒宗歸一，古韻傳情味再三。室陋猶需虛景借，才疏更待大儒談。天瘟庚子祈開戶，雅集勞君復送函。

其二

已無曲水佐沉吟，且住熒前細細斟。相並初迷九宮格，同聽難辨數重音。網名迥異誰斯客，詩筆如人有是心。卻道容　頻氣窒，還元歪快隔籬尋。

陳彥峯

世間疵癘正森森，視像酬詩得續忱。隔幕流風遐又邇，安居引釣酌還斟。同圍虛室何清暢，毋懼真言枉默沉。許事應留方冊記，信難顛撲鏤如金。

吳振武

病毒新型冠狀臨，磋磨網上表詩心。銀屏彈閃騷人面，斗室飛傳雅頌音。閉目沉思多愜意，調神養氣樂長吟。時空一體原無礙，疫境相扶共砭鍼。

董就雄

其一

困居如此我何堪，幸有詩盟接二南。輕點光屏開妙室，坐邀群像縱雄談。更逢俊侶英倫遠，來共微言錦句參。風雅不為瘟癘阻，驪珠且在網中探。

其二

愁雲何日復天藍，且閉陳門覓句耽。怊悵切情摹漢魏，幽深寄遠步鍾譚。論詩更得彩屏裏，困屋無妨孤港南。最喜自云篇意後，賢師映眼笑微頷。

網上視像詩會後有感二首

朱少璋

其一

尹邢避面豈難堪，月旦評詩亦汝南。物外千言存篤論，山中十日付奇談。故林求友依依喚，丈室安禪續續參。各向靈台抒己意，珊瑚鐵網看誰探。

其二

冰寒引喻辨青藍，着袂天花綺障耽。受業曾聞師子吼，成詩竟附菜根譚。矮人觀戲憐甌北，細雨騎驢愧劍南。畏向金陵競懷古，潛淵珠隱黑龍頷。

奉呈鄺老師

片石空投止水深，漣漪不起費沉吟。悲歡我賞閒中月，苦樂誰聞爨下琴。此日盟鷗思和句，當年授杵學磨針。鴛鴦繡罷無人看，只奉賢師證子衿。

梁巨鴻

參與網上視像詩聚有感

避疫居家難會面，長空不礙我情深。相逢線上唯同氣，求應人間賴一心。正處虛無真亂假，便呼實在古來今。點評瞬目傳千里，改罷新詩好自吟。

英雄（二零二零年四月詩課）

五言律詩，限上平一東或上平二冬韻

周碧玉

日月依時序，人心素願同。饔飧兼味足，氏族五方融。道失彰仁義，勢非有樸忠。
蒸黎連夜苦，草昧現英雄。

鍾世傑

心懷醫德者，冒死不停工。妙手痊民瘼，輕身擋疫風。病增愁易感，眾逝恨難窮。
慷慨呈高義，無名亦俊雄。

岑子祺

沙示動兵戎，嗟時敵報空。幾回通夜戰，三月百人終。憂患孤懷亂，思家淚眼濛。人心雖不古，近事憶英雄。

李耀章

其一

鐵騎吼隆隆，惶惶繩下紅。小乘襄普渡，馬力竟全功。豈為一己利，唯憂天下公。將馳甘赴禁，齊守未明東。

其二

春秋其序失，凜夏接炎冬。氣節無存久，衣冠日漸鬆。浮萍征道遠，星火耀昏重。時待身名隱，乾乾野戰龍。

陳彥峯

是歲山河裂，一朝魚雁窮。颸吹知罔兩，雨起警豐隆。祲兆誰為信，微言意未通。迴翔司命至，奄忽話英雄。

庚子年中國武漢爆發新型冠狀病毒肺炎抗疫有作

吳振武

黃帝與神農，仁醫世所宗。離家辭老幼，抗疫歷秋冬。救死忘衣食，扶傷共吉凶。神州多義士，今古仰英蹤。

「光纖通訊之父」高錕

董就雄

環球縱停擺，一線接鴻濛。作業雲端上，聽書網絡中。光纖如不藉，疫訊料難通。可奈功成大，無人憶俊雄。

驚落樽前語，曹劉勳業空。說書留故事，鑄史記奇功。遙路千山外，青梅一望中。
酒闌當此夕，無語論英雄。

朱少璋

義士英雄

名號文宣作，荒唐說一通。無端心有恨，滋事莽為雄。戰火連雲黑，長街漾血紅。
哀哉君馬死，煽盡道旁風。

梁巨鴻

口罩（二零二零年五月詩課）

五言絕句，限下平三肴或下平四豪韻

楊雯鈴

其一

覆面共相交，難分笑或嘲。浮生多幻變，庶物值千鈔。

其二

獨力抗煙濤，微軀助白袍。何能尋此物，半面護完牢。

劉沁樂

其一

清涼憑此奪，逼暑陷塵勞。棄此安身法，蝸居耐寂熬。

其二

避病災難隔，修羅劫未逃。無根蒙面客，頹筆作屠刀。

黃嘉雯

罩口半顏忉，何人病入膏？時聞哀樂至，五月已難熬。

周碧玉

濾紙輕綃夾，需將口鼻包。祈能防疫癘，不惜重貲拋。

鍾世傑

其一

缺罩恐罹禍，沫飛如駭濤。心祈疫潮退，天下遠煎熬。

其二

面戴銅芯罩，街行苦詎嘲。病根無以濾，何不省錢鈔？

爭購貴口罩

岑子祺

禍至爭如寶，求沽豈怕嘲。疫頻堪纍卵，天價暗盈巢。

消病公方罩，清明口舌包。人從天理淨，無毒也毋哮。

余龍傑

滿街蒙面俠，口鼻盡包抄。徒見眉深鎖，空勞睫不交。

李敬邦

其一

一疫三都敗，昭顏價更高。千金沽薄罩，絕息遏哀號。

其二

一鐵壓梁凹，鉤繩兩耳撟。但祈安半面，勒印已脩脩。

李耀章

陳彥峯

其一

禍緣吞吐起，鼻舌強封包。瘴毒彌羅裏，瞋眸不敢哮。

其二

疏放病可入，錮蔽氣難逃。覆面權宜計，惜身聊晦韜。

吳振武

其一

顏披七寸布，地閣山根包。病毒難侵入，康寧福壽交。

其二

素絹緘封口，音微少雜嘈。方巾能護體，勝似攘魔綯。

董就雄

馬教授數月前嘗贈口罩與諸同事，余亦得一盒，追賦此

紗罩無從覓，吾公義獨高。自留唯一盒，十盒贈同袍。

憶莫教授駕車惠送馬教授所贈口罩至余家居附近，亦追賦一首

疫下人情薄，虞庠多厚交。雲車載方盒，枉駕到城郊。

朱少璋

毒不入籠牢，防萌故技高。蠶眉丹鳳眼，半面已堪豪。

梁巨鴻

不輕方塊小，抗疫大英豪。可笑前鋒國，反而忽爾曹。

十八區（二零二零年六月詩課）

七言排律，以區名平聲字為韻，區名無平聲字則押區字韻

余筠淇

大埔區

回歸塔下金光灑，蝶戀紅花綠滿途。點點遊人嬉夾岸，雙雙宿鳥共一隅。林村水闊東西貫，廣福聲喧左右呼。皎月飛馳憂盡退，千蟬奏唱慮全無。船灣時看流星雨，碧海長依淡水湖。百囀黃鸝君且聽，春飄柳絮入吾廬。

屯門區二首

楊雯鈴

其一

高樓伏起立平原，小屋參差若小園。發展今成新市鎮，消彌不見舊墟村。華都道上衣盈駕，勝利城中貨滿轅。翠葉飄飛餘寂響，紅樓寥落痛殘垣。難尋紫影花蝴蝶，只剩銅雕白海豚。昔日情懷仍似在，他朝耀眼恐難存。

其二

滄波杳杳險兵屯，旌旗重重絕馬喧。獨自杯中尋正果，浮沉世上悟真元。青山舊有千年在，上序新臨百歲存。城市連綿傍山脈，風光浩蕩向水源。今人緬想光輝志，古物懷思秀美園。市旺人勤籠舞雀，蘭芳桂馥戲飛鴛。

北區

呂牧昀

月出東望即海隅〔一〕，南鄰大步媚川都〔二〕。彭侯廖鄧〔三〕遷餘緒，上粉打沙〔四〕興曠蕪。新市經年添舊味，曲街當日亦長衢。風光猶可迷行客，聲色依然滿石湖〔五〕。少小頻遊墟內路，天真慣聽巷中烏。流連薄暮同佳友，映帶青山似畫圖。回首方驚時荏苒，賦詩難遣意踟躕。此鄉原是心安處，惆悵而今百事殊。

〔一〕沙頭角因「日出沙頭，月懸海角」得名。

〔二〕五代南漢劉鋹於大步海設置媚川都，以采珠為事。大步海即今吐露港。

〔三〕彭氏居粉嶺圍、侯廖二氏居上水、鄧氏一支居龍躍頭。

〔四〕分指上水、粉嶺、打鼓嶺、沙頭角四地，北區舊時亦稱「上粉沙打」區。

〔五〕石湖即上水石湖墟，舊為采石場，於一九三零年代設墟。

深井

劉沁樂

屯門未至荃灣遠，九曲車行小路顛。青馬眼前能一眺，白鷗灘上愛孤旋。親臨始覺無深井，強起每疑多噪蟬。偶過小村逢犬吠，欲尋舊跡畏蜂纏。廢園誤入非人境，敗瓦回看正厄年。亭榭已無高士隱，門庭只賸細魚眠。暫忘彭澤保身計，時抱杜陵憂世篇。隔岸漁燈帆影動，斜街月色履聲憐。霓虹晚景人爭攝，此地鵝香口耳傳。

九龍城

周碧玉

鹽場伊始九龍城〔一〕，一代窮途古跡呈。四百軍州皆趙姓，三千鐵騎盡元兵。崖門抗敵軍旗靡，少帝流亡砥柱傾。護駕殉身真亮節，銘書斷碣暗悲聲。侯王廟誌忠臣義，宋主臺沾落難情。本冀祠堂稱耀祖，空餘客路愧留名。

〔一〕九龍城在宋時為鹽場。

油尖旺

鍾世傑

九龍原是物華優，樂在西南一夕遊。玉市珠璣時滿手，廟街歌舞更凝眸。長廊復見星光匯，維港垂聽月色流。奧海城中言未盡，朗豪坊內笑無休。隨心偶逛油尖旺，玩味人生可解憂。

沙田偶貌雜記

葉翠珠

瀝源朗澈農桑盛，新築衛星鄉市連。上序依山迎露港，時儒懷玉究人天。館藏博物知成化，隧貫歧途志擴遷。奔馬沙場充海畔，賽舟水道遶樓邊。投江屈子忠名享，護駕車公勇節沿。值廟詩籤休咎諭，逢春善信寶香燃。傑靈五紀興文教，風貌千秋注史編。己亥年艱今未癒，乾坤否泰自周旋。

將軍澳

岑子祺

不信郊區何苦悶，相看鬧市若雲泥。酒家方到門俱閉，夕膳應尋日正西。嚮往華燈隱玉斗，留連綺席布虹霓。堆香遠似山邊霧，濕氣高如屋外溪。乍見陰晴一息變，難為扇傘四時攜。縱饒六載歎孤寂，猶勝當年無宿棲。

荃灣

陳彥峯

新界西南一角彎，青巒淺水聽潺潺。谷迎元將堅城戶，潭隱曹公護帝綸。海峽兩沿沉賈旅，路錢三百逞凶頑。客家圍老非為客，蠻域開荒始不蠻。坊廠縱橫興漂染，綾紗絡繹過津關。馳鯨巨舺排空去，集蟻連車接地還。匝匝舍房千里廣，巖巖樓棟九霄攀。天橋控引編蛛網，朝市紛繁見豹斑。更有煙花歌舞地，豈無商肆飽酣間。經年迭遞俱徂眇，回首滄桑話等閒。好景兼羅幾亂眼，此身長駐迨凋顏。芙蓉陂下垂楊綠，倚樹抬看大帽山。

沙田區

董就雄

瀝源水質勝甘泉，聚落循流出後先。初有大圍開井邑，繼而九約接炊煙。國家積弱滿清日，租界同歸不列顛。古昔村郊餘舊想，今朝市鎮遞新遷。綺樓越嶺攀孤絕，食肆成林料巨千。火炭石門依碧浪，商場工廈立通廛。站饒鐵路交三線，山傍城波伸兩肩。畫舫迎陽經世變，翠濤夾岸映眸鮮。泮宮更復芝蘭盛，博館堪教術藝傳。洙泗垂風承一脈，中西留跡賞高賢。身登鞍馬峰巒跨，步入烏溪疆址延。文化遂知隨沃土，人工亦足敵天然。地窮可倩馮夷得，水闊豈須精衛填。但建名區能若此，何妨滄海換桑田。

夜坐吟（二零二零年七月詩課）

七言絕句，不限韻

吳念濃

簷下雙飛已絕音，軒窗夜雨獨沉吟。今宵滿枕迷離夢，落月離人何處尋。

劉沁樂

其一

殘宵妖月濺腥紅，難避坑儒鬼劫中。拭眼自由成幻夢，悲歌暗弔白頭翁。

其二

泛起愁根白髮生，局殘無計抗秦兵。燈前孑影勸長醉，忘卻浮城是我城。

嚴瀚欽

夜坐吟二首

其一

疫難幽居莫放狂，孤城困囿少年郎。窗軒雨冷群儕淚，應是冥間骨未涼。

其二

萬里愁雲壓舊城，天涯何處寄餘生。燈前小子悲雙鬢，忍為儕輩數長更。

步世傑兄韻

當窗皓日已西沉，病樹飛煙傷客心。夜坐長垂庚子淚，曉光迢遞不勝吟。

周碧玉

坐對星波思緒亂，驚風急雨鬧家園。宮牆大寵相爭利，忍聽蜩螗每躁喧。

鍾世傑

夜坐吟

遙望長空日月沉，窗前偶坐瞰街心。瘟災四起何時絕？黑夜無邊伴苦吟。

步瀚欽兄韻

難圓好夢意消沉，夜讀詩書固夙心。坐照世間紛亂事，對天揮筆且長吟。

庚子季月夜坐吟成

葉翠珠

矮櫺復對月牙沉，簡出安居避疫侵。千里知聞憑巧器，權宜未可盡非今。

岑子祺

遠眺寒心市巷空，流光晦暗世途窮。祈求豈達通明殿，喘月千言待好風。

李敬邦

疫霧愁雲夜幕深，坐觀月隱曉星沉。安得雄雞鳴鬧市，瘟君魄散慶聯吟。

李耀章

其一

柔光照白墨分明，不及熒屏射眼盲。獄煉庖廚君子遠，猶需夜夜證猙獰。

其二

無涯隨逐殆挑燈，瓶罐長虛歲月增。未坐才安又驚起，埋舟限渡阿誰登。

吳振武

其一

庚子人間病肺炎，黃昏獨坐倚風簷。冥思苦索尋方藥，信手拈來二豎殲。

其二

獨坐黃昏思渺然，江潮心事不成眠。浮生檢點真疑幻，一夢華胥別有天。

董就雄

其一

夜坐齋中萬念侵，疫情世亂共相尋。未忘國事一人繫，筆下年來感倍深。

其二

炎天坐至晚宵涼，疫下深居且莫傷。國籍前途俱可換，好思雲路向何方。

梁巨鴻

藍橋銀漢兩茫茫。萬籟無言問上蒼。夜數星辰眠不得，生憎世態日荒唐。

詠詩風效司空圖詩品體（二零二零年八月詩課）

四言古詩，不限韻

李靈枝

詠朦朧效司空圖詩品體

深森密霧，星暉瑩瑩。障林路昏，雲崖巒傾。乍見人跡，卻聞鳥鳴。觀霞渺渺，渡川孤清。月迷舟惑，望天顧城。絕景登高，子夜初明。

詠淒婉效司空圖詩品體

余筠淇

夜雨深秋，獨對蘭舟。西風劃岸，落葉我酬。沈園綠柳，情深悠悠。梧桐寂寞，雙燕紅樓。來鴻歸去，又添離愁。多少往事，欲上心頭。

詠清蒼兀傲效司空圖詩品體

劉沁樂

嶙峋突兀，骨頭天成。一字不易，爽朗氣清。句淺意重，逼以深情。能銷殘暑，如履霜行。涼意襲襲，空谷落英。散原頏頡，四座皆驚。

詠朦朧效司空圖詩品體

黃嘉雯

密林捕影，霧裏浚窺。鏡花如幻，巫女弄姿。出神入化，萬象新奇。綿綿情意，斗換星移。床頭蒼穹，夢語眩疑。酒醉逐月，向望天池。

詠象徵效司空圖詩品體

嚴瀚欽

隱光於塵，蘊意迷離。感而不語，以物見之。懷慕美人，贈以芳枝。似有非有，待人幽思。言此即彼，知者可知。陸離萬物，繫以長絲。

詠朦朧效司空圖詩品體

周碧玉

娟娟林下，牆角黃昏。疏燈窗隔，難辨柢根。煙迷曲徑，殘月尋源。看花霧暗，觀魚波渾。光浮影動，隱約留痕。主旨在意，物外境存。

詠意識流效司空圖詩品體

鍾世傑

任隨己意，不在言中。識見萬物，生生無窮。流動如水，橫越時空。復歸太古，超脫始終。下到陰曹，上達天宮。轉眼即逝，回首迷濛。

詠童真效司空圖詩品體

葉翠珠

樂而爛漫，旋踵淚垂。聽蟬欲捕，對月無悲。物事懵懂，好惡有知。應問愚己，不辨權宜。赤心是鑒，真性為辭。林叟寶之，市蠅笑之。

詠浪漫效司空圖詩品體

陳皓怡

崑山玉碎，泣露鳴凰。吳越夢盡，薄霧茫茫。奇氣拂曉，嘉我中腸。中腸如瀑，銀河引觴。謫仙為伴，鸞鳥來翔。如夢如覺，上飲天漿。

詠超現實效司空圖詩品體

李敬邦

語法脖子，一扭命終。眼耳鼻舌，六根互通。心猿夢馬，飛躍如風。主客易位，矛盾對攻。其象晦澀，其境朦朧。似困霧裏，莫辨西東。

詠正氣效司空圖詩品體

李耀章

丹田氣湧，情動賦形。義忿溢胸，赤心怦怦。目眥喉哽，欲振金聲。始運神思，志貫天靈。搦翰無慮，不畏淫刑。磅礴日月，萬古光榮。

詠譏刺效司空圖詩品體

陳彥峯

橫眉冷眼，幽憤積胸。天下沉濁，莊語不容。嵯峨特立，勢走偏鋒。龍蛇蜿蜒，杳杳尋蹤。尋則會心，嗟哂相從。如淘如洗，置之懸淙。

詠觀照效司空圖詩品體

吳振武

明心覽物，無遠弗隨。鳶飛魚躍，春夏有時。上天下地，動靜咸宜。桑田滄海，觀復明夷。非無非有，緝緝熙熙。存神過化，不絕如絲。

董就雄

詠哀感頑豔效司空圖詩品體

開篇嗟惋，世歎無常。遐征苦旅，病對殘陽。歡愛難續，泣血悼亡。詞唯樸直，赤子肝腸。景描即目，短歌能長。悠悠萬古，耿耿同傷。

詠沉鬱頓挫效司空圖詩品體

學殖深積，鬱憤由中。良才未遇，款款厚忠。情意頓折，曲轉無窮。音節跌宕，律辨纖洪。朱門酒肉，惆悵杜公。憂愁風雨，搵淚英雄。

詠稚拙效司空圖詩品體

朱少璋

七竅莫鑿，混沌通神。觀之稚拙，味之天真。謳俗謠野，質樸無塵。情長理短，言簡意醇。無腔成韻，亦故亦新。失鳥失魚，鏤弓翠綸。

例子：（一）《水滸傳》第四回：「九里山前作戰場，牧童拾得舊刀槍。順風吹動烏江水，好似虞姬別霸王。」（二）王梵志：「梵志翻着襪，人皆道是錯。乍可刺你眼，不可隱我腳。」

詠無題效司空圖詩品體

梁巨鴻

水復山窮，委婉曲達。似夢非夢，難表於實。當時悵惘，無端錦瑟。自有仙才，可誇秀筆。不盡傾訴，經緯密密。追憶此情，如膠如漆。

香江好（二零二零年九月詩課）

詞牌《采桑子》，不限韻

維港遊

李靈枝

雲霞欲散青煙起，幻彩迷離。月下餘暉，難映遊人皺黛眉。　獨邀客賞香江美，漸入心扉。星夜凝思，對岸樓光染絢衣。

余筠淇

聽鵑晝夜啼枝上，伙計殷勤，符晝紛紛，記老街坊如近親。　奶茶雙蛋叉燒飯，粗食非珍，卻比金醇，獨念生人猶舍鄰。

呂牧昀

歡娛已逐流光去，舊日西環，稚子容顏，照片昏黃點點斑。此宵魂夢應重見，碎葉簾邊，燈影留連，窗外玎玎與共眠。

周碧玉

燈紅酒醉如霜月，碧宇高樓。歌舞無憂，四小龍中誇自由。北風凜冽冰霜結，簷暗鴉愁。寂寞韆鞦，耀目香江夢裏留。

葉翠珠

香江節誕風情好。南北諸神，勸善修真，駐廟巡行福萬民。盂蘭普濟施衣食。舞火驅瘟，秋半冬新，春祭猶應拜國魂。

岑子祺

同心樂業香江好，終夕燈明，觥盞歡聲，寰宇稱揚不夜城。
浮華掠影如煙逝，接亂頻驚，生計難營，苦盼平安思舊情。

李敬邦

香江好夢燃燈竭，半熟黃粱。一點鋒芒，合浦明珠血淚光。
爐峰維港千星耀，浪急帆揚。步步冰霜，大國風雲角力場。

陳彥峯

百年流景香江好，風嘯波瀾。南海津關，人物紛臨蕞爾間。
雲歌急管餘音杳，欲斷依還。兀那獅山，深踞無言夜已闌。

吳振武

采桑子·用歐陽修輕舟短棹西湖好韻

其一

研醫習藥香江好，趨步明師，北學南移，仲景神農一脈垂。君臣佐使寒涼熱，虛實須知，辨證方施，順適陰陽造化機。

其二

行山采藥香江好，大埔龍葵，仙嶺靈芝，熱毒虛羸世所依。清風撲面精神爽，蒼耳辛夷，遠志蟬衣，腦漏驚癇正合醫。

采桑子·步韻歐陽修輕舟短棹西湖好

董就雄

黃牛福地香江好，山脈逶迤，縱嶺橫堤，白虎青龍隱隱隨。颱風過後青山滑，步履輕移，怕碎漣漪，喜見花前蛺蝶飛。

其一

渡輪坐看香江好，好共遊人，遊目乾坤，廣廈摩天夾水雲。夜來泛泛和風滿，彩幻繽紛。嘉樂兼陳，料得瑤臺仙亦聞。

其二

百層俯覽香江好，船若飛鳧，結隊相呼，天際高懷別樣殊。九龍入望群樓立，處處明珠。唯此名都，動我詩情寫畫圖。

朱少璋

平生休作濠梁辯，子既非吾，我亦非魚，智水仁山莫問余。逢人漫說香江好，昔日明珠，今日桑榆，掌上林間總不如。

梁巨鴻

無言面對獅山望，不覺嵯峨，只覺平和。此意峰巒欲與歌。逢人便說香江好，信者無多，終老如何？四下神明聽得麼？

庚子中秋（二零二零年十月詩課）
七言古詩，不限韻

李靈枝

昨夜秋風拂千樹，點點星火照青絲。海濱長廊遊客滿，奏樂起舞不知疲。無情歲歎難追。限聚始，亂清漪。今夕嬋娟獨邈邈，孤裳淚沾紛雨時。太白惆悵月下酌，唯仿古人醉影隨。但願天河兩相接，他朝相見亦有期。

庚子中秋嚐五仁月餅有感

余鎬淇

中秋時節夜蟬鳴，靜聽江月照清風。金裝錦盒五仁月，且盼甘香溢無窮。半啖初嚐猶嚼蠟，卻道火腿配蓮蓉。雜燴之物何堪再？無他獨見脂油充。混沌豈唯糕餅事，落葉蕭蕭念香江。光復未成聲未歇，疫情未止恨未終。鳴禽幾時再報曉？須作飛花問天公。

黃嘉雯

災疹湧溢愁黯黯，芸芸幽妖棲鬼窟。艱難世途亂典常，歎憖人情或糜没。椎心回述庚子事，窒煩登樓觀滿月。平台獨坐鞦韆上，瞻馳虛無乘焱忽。中秋晦夜倍冷寂，孰誰夢寐尋傲骨？

岑子祺

庚子豈是好年頭，渴馬病災齊作惡。中秋飯聚欠團圓，四人一桌少交酢。巧手杳然燈影微，紙兔帛桃堆床腳。冰皮正日猶可求，疲於抗疫不堪嚼。心繫孤城何時安，誰賞天鏡懸碧落。忍見佳節徒蹉蹉，依窗遠眺愁漠漠。

李耀章

佳節紛紛從何記，記取童趣最可喜。冬至啖盡山海珍，清枱攬肚再舔齒。拜年勤練恭賀句，奔走賣乖逗利是。端午幾曾認屈原，爭剖香荷奪甘旨。秋風扇火三丈高，柚皮防風護燭蕊。時遷早忘昔日歡，成家更欲避俗儀。非云忘本與不敬，親族繁多禮難支。中秋未過萬聖臨，耶誕新正又同期。況復音容一掣通，思親問候無延遲。正愁今歲月餅貴，忽覺淒清寒暗滋。豈見燈飾照眼新，遑論燈會競嬌姿。賞月獨許州官聚，登高放歌現橙旗。縱有銀光天下照，抬頭重雲誰能移。咿啞聲聲喚思潮，兩手高舉蹣跚踱。炯炯眸神不亞月，長空滿圓今初視。世道紛紛力難挽，吾手當抱吾家起。且登天台乘涼地，興盡中秋伴子寐。

庚子中秋遊青衣海濱長廊景氣索然有感

陳彥峯

今夕倦長愁，晦雨暗連秋。嬋娟那堪論，褢濕強豫遊。藍巴海峽風潮生，雪濤勾天稠雲驚。連蜷千重飆遠舉，中分一闕綻華明。玉屑冷發初半璧，霜花轉次吹落英。桂輪邁碾桂香路，青光倒照青衣城。城頭皎月始霽面，空裏薄靄似飛霞。向來晻翳須臾收，奔赴佳期妝巧倩。可憐灣岸少行人，金波不度負良辰。昔歲玲瓏桐樹碧，即今黯澹燭影貧。南北橋道看寂寂，東西廛市竟昏昏。蟾宮亦感荒涼意，枉移空出懸高旻。且把一語寄望舒，寄以姮娥代雁書。借我靈藥灑滿地，澄淨天下瘴氛除。三百六旬猶此夜，遍照人間開顏復所如！

步韻李白把酒問月

吳振武

庚子有月隱多時，中秋夜雨竟何之。舉杯暢懷不可得，疫癘卻與人相隨。欲尋仙方遊仙闕，桂枝月殿清輝發。治病良方從此來，新冠肺炎人間沒。東方槁木再逢春，大灣區內互為鄰。嶺南共賞當頭月，神州喜作太平人。眼底風波若逝水，古往今來皆如此。陰陽消長總有時，來年賞月維港裏。

董就雄

香江今歲可憐秋，限聚城中令未休。浩繁食指慚過四，餐館欲留不能留。能留只有近親宅，爾巒近郊好月白。伴我一行入層樓，窺我到會蟹螯擘。諸兒喧嚷自任真，最喜匙箸無阻隔。大兒共舅對楸枰，世事不虞主易客。主易客兮君莫傷，牖外幽園晚風涼。姮娥倚雲況相候，時隱時現意未央。意未央兮兒聲笑，五色燈籠曲徑照。彩光映地復浮空，或星或鳳或兔貌。兔貌何曾見月宮，賀句忽傳雙節逢。群組紛論褒與貶，月旦由來各不同。時事疫情驚世變，強邦躁動欲兵戎。兵戎曩日悲庚子，列國侵凌今未止。辛丑須臾又眼前，戒慎毋忘舊國恥。國恥百憂難具言，但知珍重唯天倫。明朝且侍慈親側，冰輪皎皎追新圓。

梁巨鴻

今年難過又中秋，不利流年逢庚子。本云寧靜可致遠，攪炒之聲偏不已。哀哉不利使驚魂，疫情欲止還未止。仇恨倍添疫情急，民德歸厚喧可弭。不利流年來轉機，一片冰心愛如此。但願月明好普照，照遍人間都是喜。

有懷（二零二零年十二月詩課）

七言絕句，不限韻

年逢二十望昏時，鳥囀風嘶折弱枝。習靜孤懸星隱耀，長憂氣志沒相知。

鄧祖明

小窗微敞惹天寒，逢月今時感故山。一道橫風急飛去，空餘萬樹晃人間。

劉浩文

望月有懷

銀盆瀉玉海盈霜，暗濁寒軀獨映牆。一別元辰冬復至，愁身寄月話離常。

袁泳琳

枯草圓塘梧獨老，吟安楚客淚猶垂。河神小悟南華道，秋水盈盈不足悲。

楊岾荻

拂曉登高雲徑掃，山茶落淚雨紛飛。回頭恍見仙人袖，閉目緣眠過客衣。

李靈枝

風疏綠柳疊柔腸，昨夜佳期昨夜傷。正值芳華多曉夢，今宵醉憶少年郎。

余筠淇

呂牧昀

乘巴士出天水圍

幾回兜轉幾回眸，寂寞前程正自愁。注目站前人上落，圍城誰去復誰留。

劉沁樂

其一

貧富於今境自同，生逢劫下可憐蟲。操心難悟安心法，一臥書堆四壁空。

其二

魯戈早折夢俱遷，國事寒心又一年。若使杞人今尚在，只憂地禍不憂天。

理髮遭禍有懷

黃嘉雯

恭迎巧匠林園理，剪斷千千細柳絲。悔悵春嵐迷倦目，從教亂髮似枯枝。

詩課移師網上

楊煥好

彩屏掌上作賡酬，珠玉紛陳解悶愁。交誼從今添妙法，暢談不用聚黌樓。

其一

周碧玉

犖确疲行歷萬山，回頭世事鬢毛斑。滿腔熱血何曾改，方石盤根笑我頑。

其二

鍾世傑

駭人疫癘歷經年，施政猶疑病往前。風浪高危形勢險，安知百姓夜難眠。

疫癘橫行停課頻，雲端教學苦難呻。師生皆作屏中畫，縱可相交不可親。

有懷詹杭倫老師

黃榮杰

武林漂泊到皂林，數載九龍塘下吟。忍見新山玉樓召〔一〕，我曹此夕憶題襟。

〔一〕新山，在南洋，大馬柔佛州首府。

用社交媒體有懷

余龍傑

花期當日我尋君，臉譜清談難合群。莫訝一時離捨斷，移爐我爾復辛勤。

注：分言ICQ、Facebook、MeWe事。ICQ，其名取自「I Seek You」。白居易〈和微之春日投簡陽明洞天五十韻〉：「伊予一生志，我爾百年軀。」

此生常羨鶴沖天，南渡西飛或眇然。我就籠樊漱芳潤，月帷宵半凜江煙。

四十自壽

李敬邦

中坑凸肚似懷胎，縱誕麟兒總不才。飯袋難藏書卷氣，雄心荒廢早生苔。

李耀章

前人

非時羈旅逆時流，一九冬交八四秋。隔世重逢賴何記，無言慷慨辨明眸。

悼詹杭倫先生

忘年共炙寶翠阜，賦學高論聽逸夫。璞網酬吟詩作讖，西天南洋未途殊〔一〕。

〔一〕洋，取粵俗，作陰上聲。

俊賢君

一別陰陽十八年，邇來幾許訪圓玄。音容餘憶無多少，君亦逍遙莫顧憐。

劣食之交

不愛珍饈愛劣餚，音容扭曲互訕嘲。漸持家業無閒會，茹淡懷思臭味交。

中歲有懷四首

陳彥峯

墜髮

朝晨覽鏡正衣襟，何事含霜秋漸深。經眼飄零拈不住，一絲重若一鈞沉。

啞嗓

暗室重門好縱歌，任行培塿任巍峨。而今誰為嗓吭啟，鐸振聲嘶莫奈何。

禁足

歲華執手踏西歐，塔白楓紅十月秋。回首只堪魂夢好，醒來黃口絮啾啾。

戒口

養生大嚼兩難存，駕鶴揚州那可論。莫問廉頗能飯否，饔餐談笑酒還温。

憶曾克耑老師並序

吳振武

一九七二。歲在壬子。時新亞全遷入沙田中大前兩年也。余修曾克耑先生詩選。先生高大而不魁梧。一派白臉書生文人模樣。眼角魚尾紋特豐。眼袋亦大。首課開講。概贈自署姚惜抱唐人絕句選乙冊。每課先講詩數首。然後出題命作。題多新穎。有以飛機命之者。題甫出。例必快閃失蹤。吃冰琪琳去了。不知光景。驀然往還。瀟灑自在。甚益文思。

詩選課堂授詠吟，唐人絕句作南鍼。冰琪琳裏尋真趣，飄渺飛鴻去復臨。

憶何敬群老師並序

一九七七。歲在丁巳。何敬群老師任新亞研究所詞課掌教。華燈初上。課堂雍穆。先生江西口音甚濃。語氣鏗鏘。時或一咳清喉。聲震屋瓦。每從夢中驚醒。所選詞作題目。多貼合時令。如歲晚詠百花詞等等。嘗作一藏頭詩呈覽。先竊自沾喜。先生閱後云。藏頭詩乃小家子氣。意謂雕蟲小技。不足為法也。片言隻語。至今不忘。課暇趨美孚新邨先生家拜訪。蒙贈法書一幅。裝褫家中。以作紀念。轉瞬四十三年矣。

初上華燈入課堂，江西話裏學詞章。藏頭小技難成器，箴訓如今不敢忘。

有懷二首

董就雄

手機私訊軟件中尚存八月時詹杭倫學長發來《南洋詩賦集》電子本之短訊，不意十月下旬驚聞其過世噩耗，悵然有懷，追記賦此二首

其一

訊傳詩賦憶南洋，柔佛喜聞雅教張。新作當時翻未及，不虞倏爾隔陰陽。

其二

詩話東方文獻精，鄺門律賦繼高名。何期疾染伯牛逝，學界連連悲歎聲。

師友移民

朱少璋

敢勞送別渡關河，揮涕臨歧感倍多。師友平生江上艇，半隨風轉半隨波。

懷聖傑靈七七年畢業班

梁巨鴻

都為佳弟豈緣輕，四十年來各有成。最是難忘魚戲樂，悟園荒廢莫無情。

韻文習作課二首

鄺健行

余承乏韻文習作課二十載。今年網上授課，諸生中有立志求進者，賦絕句二首。

其一

我來學圃植蘭芝，已散天香漫海湄。最是殷勤廿載後，露濃九畹綠仍滋。

其二

老去風懷非不堪，推敲郵稿興長酣。遙聆雛鳳清鳴好，漸遠庸音雅頌參。

疫苗（二零二一年一月詩課）五言古詩，不限韻

楊岵荻

莫愁竟知愁，盈月鎖閨樓。柳眉亦懶畫，欲啼又還休。還休述所念，瘟疫訪孤貧。
前年合歡被，今日黃花塵。花塵盈床榻，睹物唯傷神。傷神求北海，向病索歸人。
歸人不得見，黃土掩風流。我安高閣貌，卻似烏台囚。翹首盼風止，同祈藥貔貅。
海西出明珠，東海有龍泉。高才萬鈞力，勝卻渭水鞭。神針定滄海，眾生皆希痊。
豈有求速死，漫勞眾神仙。薜荔凌冷氣，春酒將可浮。唯希萬象始，數寒瑞雪頭。

李靈枝

大疫庚子起，辛丑再倉惶。古有巫醫灸，神通各顯彰。今常遮半面，疫苗盼斷腸。兩針欲去疫，臥床復見良。奈何毒易變，療效難酌量。萬人歸塵土，大疫尚難防。痛飲惜淚別，一醉又何妨？

呂牧昀

肺炎來甚急，環球同鼎沸。春去復春來，疫苗始問世。似是銀彈現〔一〕，猶非萬全計。毒株變異頻，得種亦何濟？生民況懷憂，對之尤戒畏。早疑安心行〔二〕，復疑國藥製。只緣政失信，官民水火勢。病疾縱可除，人心待誰慰？

〔一〕銀彈，即銀色子彈（Silver Bullet），謂強而有力，一勞永逸之計。

〔二〕安心行，指「安心出行」。

周碧玉

庚子逢疫癘，播毒遍東西。感染無區分，權貴與庶黎。埋首尋妙方，冀壓病魔低。
岐黃研疫苗，治病露端倪。疫苗藏抗體，成脫疾階梯。迅速廣注射，效用還是迷。
未見疫苗功，失誤聲屢響。種後仍染病，甚或九泉往。常言道一尺，魔則高一丈。
病原朝夕變，詭幻如魍魎。辛丑滅肺炎，終日自遐想。

鍾世傑

江城肺炎起，寰球苦且危。黎民百萬死，慷慨不勝悲。疾癘日以劇，官僚無所施。
昔日安樂地，回首半瘡痍。今聞疫苗至，康復猶有期。列國爭注射，一刻不容遲。
未足臨床驗，藥效有誰知？噩耗頻傳出，針劑良可疑。

陳皓怡

一病從漢口，肺炎舉世驚。遂使百萬死，骨骸倍趙阬。啟關聽國使，香江陷疫城。
店肆久羅雀，煩令害經營。民生蕭條甚，入耳怨苦聲。忍待針劑至，藥石望有靈。
竅言消災癘，臨床效未呈。人禍猛於毒，疫後眼辨明。縱有秦醫在，世病莫可撐。

岑子祺

毒癘驚全球，掩面越三秋。蜇居嘉耗至，須臾良藥收。官話幾番轉，心下一片愁。
煉丹猶十載，諸國或遺籌。疫苗施老弱，不勝九地遊。數值尚存疑，智防勉自修。
欲渡歸零海，姑坐濟人舟。眾人披護甲，耆羸當解憂。

李耀章

大運盛後衰，瘟歲在庚子。不意禍接災，疫戰弱哨始。或曰怒天靈，古道君罪己。
獨見重尊威，未杜漸陸趾。須臾宇內傳，新癘厲沙士。罔效九轉丹，黎民更何恃。
萬邦難勝防，億病皕萬死。華扁今安存，覓藥沉痾起。近聞數方興，奇想法各異。
病理析入微，又窺基因秘。捨滅寧身強，採毒薄軀寄。盼懷拯世心，竭知眾生為。
可恨願多違，針無兩頭利。競時揠新苗，險注活人試。初成許半防，副作奪命器。
況乃劑若兵，富國爭先置。俗世尚紛紛，惡疵種變疾。絕路計錙銖，暫得復歸失。
非云年正凶，自招敗亡日。縱妄倖桃源，爾代世同一。

陳彥峯

疫災亂常典，惶惶累有年。饕餮貪嗜起，湖海殃禍延。湯湯復沸沸，淪沒見誰先？
苟欲保肺腑，必得封喉咽。凶頑熾若彼，斯亦有制牽。探囊取其間，矜矜細磨研。
抗體辨抗原，疫苗堵疫傳。孰知異種變，狡獪計無邊。夸父賽烈日，揠苗更迍邅。
鹿死何手獲，一劑一命懸。乾坤撒罟網，物種爭大千。自反觀我族，角較或過然。
藉此板蕩時，興瀾又催煙。傷我庶黎薄，申憤更乏緣。一毒尚可抵，百毒自難全。
接種何能免，對壁問蒼天。

吳振武

上章失序運，困敦轉無權。庚子多疫癘，山頭起墓田。百姓多暴卒，新冠肺炎傳。
年來億眾染，災膺無界邊。疫苗爭研製，冀能免疫痊。病毒衍新株，努力歎徒然。
誰知生態變，人為費周旋。此中有真理，量子恒糾纏。天人同一氣，防疫本自然。

董就雄

冰液黃金比〔一〕，煉術更超塵。兩針可度厄，得保自由身。庠序復面授，開筵共至親。友朋敘契闊，雞黍邀隔鄰。嗟哉此猶夢，接種冀夕晨。死況二百萬，染疫近億人。

〔一〕有喻新冠肺炎疫苗為「液體黃金」者。

朱少璋

新冠肺炎起，世況日蕭條。軒岐煉藥石，研發路迢迢。卻笑功成日，均寡兩禍招。世病苟如此，得藥亦無聊。貴賤同一命，待遇判壤霄。國貧或國富，生死不曾饒。嗟哉譚德塞，籲懇語昭昭。強鄰皆俯首：磨針待疫苗。

梁巨鴻

疫成世紀疫，百姓何震慫。亡人倍十萬，哀哉美利堅。我就急召來，本如壺中仙。
誰知未應用，已聞不敢先。更聽中國製，防我若防川。凡事政治化，洋苗大過天。
要注國產苗，性命寧可捐。對此茅塞者，我也奚復言。

鄺健行

五行倒顛亂，新冠肺炎起。二百萬陳屍，一載計屈指。疊骸鋪長廊，臭溢凍車駛。
疫苗終研製，針注疾即褫。富邦氣豪雄，居奇競搜市。談笑擲億金，貧寠渴寧止。
下國臥床多，氣促知待死。嗟嗟上宰仁，幾時均福祉？

飲品（二零二一年三月詩課）

七言律詩，限下平十一尤或下平十二侵韻

楊岾荻

琥珀回甘珠亦軟，獅城驚別已三秋。呼來媚水為卿伴，折落平林作我儔。細乳分茶千盞興，芋圓並飲一杯浮。且隨緣續期明月，再慰經年口腹愁。

李靈枝

青煙欲去瓊漿暖，一口清香滿入心。往昔髫年磨大豆，今朝霧影憶餘音。曾經玉液霞暉照，不及從前故舊吟。淡盞千愁尋百味，三杯盡飲候仙臨。

酒二首

楊煥好

其一

世人均愛杯中物，歡宴澆愁總稱心。元亮漉巾耽劇飲，詩仙量斗起高吟。杜宣瘳恙釋弓影，曹操短歌舒素襟。小麥葡萄風味異，無分中外舉卮斟。

其二

盈樽綠醑浣塵襟，往事隨風不繫心。邀月且將浮蟻熱，舒箋猶厭蠹魚侵。暢懷調硯濡毫舞，乘興擎杯對景吟。方解陶潛耽此物，飄然信步邁詩林。

岑子祺

聚飲長門豈冷落，高陽盈爵縱寒侵。墜梅芳醑再三燙，垂沫饞魂俱四臨。多少元紅時遣興，有無善釀永舒心。夢迴一室餘香透，儔侶飄零唯自斟。

離酒

李耀章

浮城晚景挾霜臨，廣廈蕪餘千萬金。馬走天涯花早謝，鵬休宇內路難尋。關中貪醉多胡語，域外存真罕故音。莫笑冰壺添苦水，且將離酒與君斟。

水

嶗山百歲農夫業，培露依雲斐濟遊。化驗礦藏論硬軟，品嘗質感辨稀稠。爭銷貴族踰人傲，少理黎民滿腹憂。一口同源天地惠，穿腸清濁盡東流。

陳彥峯

奶水蛋

破殼淪湯落底心。茫茫渦捲記浮沉。卵生渾沌煙雲白，乳煉穹窿玉石金。夕照茶餐廳內客，香飄無線電中音。玻璃掩映杯痕滿，況味當時不復尋。

酒

吳振武

醫酒因緣上古求，瓊漿藥液享春秋。神農黃帝開風俗，儀狄少康紹祖裘。厚薄濁清原有別，醇醨盎醲本無儔。葡萄美酒添豪氣，枸杞流霞利美眸。

熱朱古力

董就雄

滑香入口暖心頭，可可宜人栗色浮。到桌聲安三子囔，晝心笑啟細君眸。清談最合尋吾侶，永日堪消倩一甌。妙飲添糖非所好，此中真味已無求。

希臘咖啡三度復飲

鄺健行

恐是情癡蝕骨深，幾回杯覆幾還斟。濃香清晝良朋接，淺水銅壺細粉沉。過客訪風驚野老，橫波指字記光陰。天雲影下曾同飲，數盡星霜望遠心。

後記：余海西東歸，仍嗜希臘咖啡（原稱土耳其咖啡），日飲一杯，怡神舒氣。後以健康為慮，一度罷飲，著語體長文〈土耳其咖啡的浮想〉及七律〈罷飲希臘咖啡近三周年二首〉以誌憾焉。唯舊好難忘，燒煮逐步恢復，有〈土耳其咖啡再詠六首〉。末一首云：「割香求近坐禪心，難拭傳杯燭影深。自是本來存一物，小爐引火對沉吟。」衷懷若此。後以本港購買不易，二度停飲，無可奈何。不意前時兒子盈盒從上海寄來，告以彼處有專門代理；於是喜不自勝，三度杯飲。自惟年登耄耋，率意乘化，戒忌都應捐盡。自茲而後，與子從容相對，長毋棄離。

賦別（二零二一年四月詩課）

五言律詩，不限韻

贈別耀章詩友遷英定居

呂牧昀

昔曾酬燕爾，今送灞橋離。孤島桴相似，浮波命不移。無為女兒別，應得便風隨。信彼薔薇好[一]，高篇待詠之。

[一] 薔薇：玫瑰為英國國花。

劉沁樂

贈我寧魂集，讀來多妙詞。能描憂世語，常作避秦思。眼瞥浮城變，心隨舊夢吹。
俠儒何處往，再憶太平時。

周碧玉

東方珠晦暗，歷劫陷陰溝。令譽隨風逝，良禽擇木愁。遷家奔異域，避世倚孤舟。
惜別驪歌奏，天涯去路悠。

岑子祺

赤日頻驚夢，寒蟬強度關。棲鴉愁隱語，旅雁樂忘還。網上談輕易，雲端見等閒。
香港非一地，何處亦獅山。

別筵有賦

李敬邦

飽醉且開顏，錢財不必慳。魚蝦腸似海，鳥獸桌如山。壯士千杯快，饞人一笑艱。
他鄉風味寡，能阻季鷹還？

李耀章

樊籠難久待，百念出東門。此去疑無路，苟留臨重昏。最愁人父責，且慢己身怨。
着陸猶離地，遺香再續根。

李兄耀章移居賦別

陳彥峯

揮別何容易，悶雷三月春。爭為合浦蚌，且作武陵人。去住嗟歧路，東西隔濁塵。浮城將入夜〔一〕，思爾享明晨。

〔一〕李兄三月詩課〈離酒〉有「浮城晚景挾霜臨」句。

吳振武

遠適英倫地，乘桴說避秦。那堪辭貴胄，甘願作夷民。畛域雖遙隔，天涯若比鄰。他朝還故里，人事幾番新。

賦別吳教授相洲先生

董就雄

吳教授相洲先生倏爾長逝，令人愴懷。適值璞社詩聚以〈賦別〉為題，憶起先生之學術成就，及昔日同在新疆開會，馳馬於廣漠草原之種種情景，乃成此首，以稟先生在天之靈。

先生逝何遽，動我起沉悲。樂府誰持柄〔一〕，唐音待解疑〔二〕。每慚登馬日，未賦贈鞭詩。豈意蕪篇就，今成永別離。

〔一〕先生為中國樂府學會會長，卓有建樹。

〔二〕先生專研唐詩創作與歌詩傳唱關係，成果豐碩。

梁巨鴻

蕭蕭聞馬叫，攜幼作移民。一別波濤闊，幾家夢寐頻。前途千日盼，回首百年身。吾土終非是，怕為二等人。

鄺健行

之子嗟苛政，西求伊甸園。妻賢挈渡海，樂極得安魂。天鑒通衢火，色搖諸國旛。他年思往事，鄉土或含寃。

打小人（二零二一年五月詩課）

五言絕句，限上平十一真或下平二蕭韻

張惠珍

其一

鬧市煙塵濁，符人烈火燒。祈天除厄運，舉世樂逍遙。

其二

為解三餐計，高聲打小人。屈居橋下路，勝比綜援身。

鵝頸求耆艾，揪鞋誦咒囂。紙人焚與虎，厄運共灰飄。

房澤豪

朱磚囚蟄蟎，繡履蹴凝塵。咒念靈符燼，災除境遇新。

鄧祖明

三箭丁侯病，爾來多效顰。神婆亦何意，竟失畫圖真。

呂牧昀

注：據《太公金匱》載，武王伐殷，丁侯不朝。太公畫其像，三箭射其頭、目與腹，丁侯遂病，遣使請臣。

惡霧彌天日，焉能泄恚嗔？芒鞋虛像拍，虎口蘊悲辛。

黃嘉雯

燃符鵝頸橋，詛咒逐灰飄。善惡隨心造，小人徒自招。

楊煥好

揮鞋抽紙偶，念咒出陰招。驚蟄街頭鬧，庸人氣自消。

周碧玉

鍾世傑

其一

驚蟄尋鵝頸，揮鞋打小人。煩憂成紙碎，隨火化煙塵。

其二

驚蟄寶靈橋，神巫咒逼霄。紙人今打碎，苦厄可全消？

岑子祺

仇恨為君消，喧吼震夜橋。婦人施小數，半百伏心潮。

李敬邦

堪憐小紙人，遷怒打全身。德化心誠服，何須怪亂神。

李耀章

其一

操戈伐罪頻，季氏詡憂民。立福憑懲誡，緣何謂不均。

其二

樑上諸君子，聞無鄭衛申。變風非失禮，橋下小人真。

其三

焚香請虎君，持咒詛全身。踺踺鞋抽勁，或云寃已伸。

陳彥峯

其一

黃皮紙老虎，執履勢躬腰。掊擊摧肌骨，咄嗟干漢霄。

其二

落手驚雷動，張壇詛語頻。鵝橋長戚戚，坦蕩有何嗔。

吳振武

其一

香港傳奇景，鵝橋打小人。煙消魂不散，歲歲有迴輪。

其二

驚蟄聞名地，香江鵝頸橋。小人雖紙紮，猛打可魂消。

董就雄

其一

蛇蟲驚蟄出，大地正回春。白虎耕農祭，元非鎮小人。

其二

小人天下夥，君子獨寥寥。處處鞋聲打，且聽鵝頸橋。

梁巨鴻

痛擊無傷害，何哉打小人。多言多所恨，屐碎是誰陳。

隔離（二零二一年六月詩課）

五言排律，限上平四支韻

張惠珍

殘暉搖倦影，煉字解愁思。巧弄標籤滿，猶驚刊帖遲。圖文應並茂，詳略盡相宜。
訴語何窮盡？逢君有限時。相交由演算，引指遇新知。本是天涯客，交深亦自疑。

鄧祖明

新冠炎症盛，奧運火苗萎。病種連環變，民生接續衰。春瘟分彼此，夏疾隔華夷。
閉戶絕朋訪，封關防病移。呆瞪雲蔽日，苦等毒除時。白吃千羹苦，徒增百夜悲。
光陰猶有限，疫境似無期。且健身修德，應研典習詩。他朝難盡算，自勵更相宜。

楊岵荻

雙周陰性定，環堵阻歸期。念舊憑通電，臨窗憶故枝。鸝音慰兒女，月影問嚴慈。
能解千般苦，常投兩地詩。春寒孤館閉，市小朔風吹。修短災橫野，心堅命寄絲。
盛情希棄疾，幽意幾人知。

黃嘉雯

久困深居內，窗前望雨癡。霧風環萬里，敗葉別千枝。薄霧新妝罩，途人半臉窺。
愁容藏紊緒，疫病亂今茲。摯友塵籠隔，親房海角羈。天災誰可擋？聚晤恐無期。

周碧玉

病源由己亥，庚子轉繁滋。催命新冠毒，驚心普世危。精英謀計策，關鍵在遷移。
疫廈能傳染，居民盡隔離。兼旬如待斃，終旦不開眉。檢測非陽性，還家始有期。

李耀章

千千紀元曆，壹玖永銘碑。所記緣底事，何憑歌五噫。逢災豈天定，作孽在人為。
已乏功名頌，平添病毒滋。新冠症難斷，變種藥無醫。遂自華南起，爭從武漢馳。
須臾寰宇播，次第七洲隳。百姓生活奪，萬邦科令施。探親絕途徑，慰患止邊陲。
旦夕陰陽別，春秋骨肉歧。欲征遊子路，先伏九重規。蹀躞仍多阻，扶搖未有期。
流年疫苗長，此際驛亭辭。雖得迴飆送，猶需斗室羈。孤身房寂寂，四壁意垂垂。
久待非關遠，臨歸又恐遲。桃源憂顧影，風木或含悲。莫訴懷中志，寧珍眼下姿。
瘟神恒反覆，松柏固艱危。院舍禁觸體，家門甘用奇。凝昏注熒幕，舉皺撫琉璃。
唇辨片刻語，心通三世癡。兩看能幾度，再會盼如斯。揮手尋情厚，回眸忍淚熹。
苟云曾密切，更嘆強跟隨。車載一村懼，營棲闔府飢。愁腸酒當及，去日苦焉知。
塵寄貧和富，囚同尊與卑。縱容留己戶，只怕惹童兒。不盡深居冷，空餘薄葬帷。
微言諸聖棄，大道老君遺。小國若逸樂，寡民胡徙移。廣聞蛙讀史，獨愛鬼吟詩。
信矣啖菊蝠，哀哉烹果貍。爾輕忘故劫，孰愧對今時。瘉後還相認，稱觴話隔離。

陳彥峯

運祚經紛潰，蕭疏反合宜。逭災終日苦，絕世故人遺。枉作南冠客，何逢北牖颸。
衿裯肅寂夜，鬢髮亂秋姿。簞食如嘗蠟，樽罍當對誰。屏光長熠熠，雜信竟離離。
懷怨復無語，開扃未有時。盤桓幽影薄，俯首問棲遲。

董就雄

疫下逢三歲，浮生盡隔離。戚家難合聚，嘉友久分披。客半餐樓寂，何能發興奇。
至親雖父子，冷板作牆籬。祭祖誠同夢，通關未有期。一春良足愧，兩載直堪悲。
已自歸鄉鮮，曷虞存孝虧。焚香倩村里，酹酒向墳陂。憶古襟懷限，無多術業為。
論文欲重與，會面只云癡。縱悉藏書秘，孰從孤本窺。困居須十四，耗日竟猶斯。
講授頻循網，籌謀亦費時。勞神耽鍵載，決眦逐屏移。頗惑真身在，唯憑名字知。
解經常受阻，傳道更成疑。風雅今尤怨，興觀差可持。違群吟侶遠，把臂浸園思。
線上高談礙，堂中暢飲宜。偕行候何月，侍坐近吾師。世幸人情厚，志非當路隨。
相將祈體健，餘事待天施。

宋皇臺（二零二一年七月詩課）

自由體，不限韻

猛隼群侵宋殿宮，潛蛟忿隱冷淵中。千年只得殘碑石，未見飛龍現遠空。

鄧祖明

前朝作記刻遺碑，世景千年日月馳。屯馬開通很興奮，茶餘不話宋皇悲。

劉浩文

帝昺南逃投海歿，遺民刻字聖山留。今人獨臥殘碑側，似有塵煙現蜃樓。

李靈枝

呂牧昀

金鑾流徙南荒日，志士從龍血淚多。塊肉同銷神禹鼎〔一〕，狂瀾怒折魯陽戈。聖山鐫石徒為爾，帝子留名可奈何。紀傳洋洋勞細看，一時風物自消磨。

〔一〕塊肉，指遺孤。據《宋史》載，楊太后聞宋帝昺投海而死，撫膺大慟曰：「我忍死艱關至此者，正為趙氏一塊肉爾，今無望矣！」

劉沁樂

其一

昔年秋唱有遺音，腥浪翻騰未可尋。老輩同遊傷國變，亂鴉圍噪觸愁深。危時略欠登高興，壞局剩餘歸隱心。帝跡早移非故地，浮城俠客淚難禁。

其二

須記崖山護帝艱，兵塵劫似鬼門關。早移巨石失真景，已換新妝棄舊鬟。故國難同歸骨望，俠儒都作病身還。不堪重讀宋臺句，惘惘腥風血雨間。

黃嘉雯

西鐵東繞龍城路，新站題名宋皇臺。熱客笑談牙盤食，問誰還念裕文哀？蒙人追襲侵京域，南下聖山避兵災。後儒刻字石頭上，小可憑弔空溯洄。

周碧玉

歷朝更替化塵埃，填海移山豈有臺。好事緣何留巨石，徒銘宋帝國亡哀。

鍾世傑

聖山擎巨石，元刻宋皇臺。史跡傳千古，名篇由此開。

詠宋皇臺碑

李耀章

孤石作靈臺，遺懷託物哀。龍旗幾更替，何日再君來。

宋皇臺站竹枝詞

地龍不抵九龍城，沓沓奔騰發達聲。千億如沙風裏散，馬頭偏掛宋皇名。

宋皇臺有感

平翻海角惡風波，不盡漁舟作濟舸。思每時流充國士，覓無后羿射姮娥。聖山已伴崖山倒，古井難堪市井哦。昔日遺民秋唱處，今朝復奏別離歌。

吳振武

其一

新成屯馬線，有站宋皇臺。二帝行宮處，鑾門為客開。

其二

宋皇臺地站，末代帝行宮。今古興亡事，穿梭一刹中。

宋皇臺

董就雄

二帝幼年悲落荒，龍軀國祚共淪亡。一隅難復臨安舊，片石今留夕照黃。對景興懷同古往，撫碑教子認滄桑。香江自是安身地，血脈惜無存宋皇。

觀宋皇臺出土宋元文物展後作

梁巨鴻

鄰臺新站聚煩喧，文物邊隅展宋元。古井留痕思點滴，行宮有瓦認牆垣。更饒通寶方圓在，復見釉瓷青白存。莫謂香江沙漠地，聖山遺跡證深源。

還留片石記悲淒。蹈海群臣決志齊。一死謝民民怎覺，可憐帝昺尚孩提。

鄺健行老師恭錄曾履川先生詩

曾克耑

宋皇臺三首

在香港九龍。相傳宋帝昺南來駐蹕之所，今餘片石耳。

其一

遺臺片石九龍環，駐夢鑴哀宿淚斑。事去漫訾胡運數，我來重酹宋江山。孤忠柴市天寧鑒。末路厓門帝不還。摩眼興亡問誰對，寒潮嗚咽野雲閒。

其二

煙塵大漠又南飛，蹈海君臣淚滿衣。風急曾聞鸞輅過，月明猶想鳳簫歸。十年蜀魄精應化，萬里堯封夢亦非。高宴昆侖莽愁絕，莫呼穆駿挽羲暉。

其三

流徙餘生涕笑艱，分無詞賦動江關。夢中故國摧魂魄，劫外殘山弄髻鬟。海氣夜噓蛟蜃吼，夕陽暮詗雁烏還。經空木穴知誰喻，淚盡蠻煙蜑雨間。

鄺健行老師附記：宋王臺三首，一九五八至一九六零年間曾師履川諱克耑先生作。弔古傷今，悲懷孰喻？適本月璞社以〈宋皇臺〉命題，因敬錄師作，社中諸君覽誦。

自由題（二零二一年八月詩課）

詞牌《滿庭芳》，不限韻

張惠珍

觀海

樓鎖殘寒，天堆微垢，躁聲頻動愁眉。倦黃虛白，燈影亂相隨。無事茫然獨步，路漫漫、未願歸居。餘暉透，層樓海角，細雪染青絲。　風吹，衣捲浪，憑欄遠望，星月推移。且忘俗塵愁，瞌目神怡。懶理榮枯得失，盡餘力、抱璞編詩。常存想，臥船淺唱，自在走天涯。

璞社二百會

呂牧昀

丁酉無忘，捐肝一首，後學初引詩情。石頑如我，師友尚垂青。同與觀風問俗，香江好、遍覽名城。還兼賦，南天北地，文思任縱橫。　崢嶸，年月去，揚苗不食，鴻雁于征。恨離亂多時，疫病遑寧。從此雲端共聚，二百會、古調猶聽。應知是，紛紛玉屑，依舊滿門庭。

岑子祺

半世嬉遊，夜闌回首。恍見時友初筵。比肩聯袂，浮白醉燈船。笑指縱橫萬里，與君闖、碧落黃泉。流光逝，風塵歲月，鴻雁隔雲天。　當前。星幕下，繁華粉飾，滄海桑田。疫情惹愁懷。輾轉難眠。獨對危城鉅變，忍閉眼、尋夢餘年。他方路，何妨展翅，重聚絕魂牽。

璞社二百會

李耀章

海角南天，中原路遠，道是皋壤窮鄉。卻生佳木，招虎臥龍藏。山下乾乾砥礪，荊山璞、累月浮光。風雲地，遺音再現，塵世自翺翔。　皇皇。趨廿載，吟酬佰會，競鑿琳琅。縱文翰無名，亦自芬芳。或恐鏡花再美，未可敵、今夜嚴霜。新風起，且溫舊酒，與子盡詩量。

璞社二百會

陳彥峯

二十年頭，浸園芬郁，隱隱荊玉生光。海南神秀，風雅繼煌煌。慕古參新與共，唱酬裏、絳幔羅張。星辰換，逡巡佰會，郢曲更清揚。　滄浪，淘漉了，蓬塵墨黑，吐納中腸。管毫寫淋漓，悲喜炎涼。記盡浮沉迭嬗，諸編纂、縈繫茲鄉。盼明日，縱歌懷瑾，還可響琅璫。

詠茴香（步韻蘇軾蝸角虛名）

吳振武

八角香名，舶來佳品，昔年絲路繁忙。布誠交易，無弱又無強。且看千家美饌，懷香入、咀嚼輕狂。緣何事，香江沙士，欒土變屠場。　思量，終有計，揉純化合，卻病無妨。喜香果功勳，意義深長。今日新冠病毒，茴香力、寒散辛張。陰霾去，三杯美酒，馥氣更芬芳。

詠蓮（步韻蘇軾香靉雕盤）

風扇羅裙，香飄曲岸，一片荷影雲光。鏡湖波瀲，菡萏出紅妝。漫卷舒開合，靈均曰、製集衣裳。清漣濯，亭亭靜植，氣韻自悠颺。　泥間，出不染，中通外直，豈謂尋常。俗塵展冰肌，俠骨柔腸。厚德根深蒂固，玲瓏竅、藕節絲長。千年子，延年不絕，風貌返堯唐。

詠槐（步韻周邦彥風老鶯雛）

葉翠春深，子生平澤，蕾米槐角尖圓。北京城內，花海扇風如煙。聊採花蕾煮沸，稠滓餅、染色濺濺。黃連入，清心明目，鎮定好撐船。

年年，茶代飲，芽青炒菜，皮厚修椽。喜膠可平肝，偃息風前。證見筋抽脈掣，診三部、關脈沉弦。槐堪用，湯膏丸散，病去得安眠。

詠牛蒡（步韻秦觀山抹微雲）

網目時珍，類編隰草，鼠李牛蒡同門。苦寒無毒，當浸漬盈尊。涼拌煎湯燉炒，醃鹹菜、款式繽紛。莖堅固，根深葉茂，果實滿山邨。

鄉魂，牽故國，他邦折返，鄉土難分。憶當日，齊桓管鮑名存。牛旁宣通肺氣，散風熱、疹透無痕，消壅脹，輕身耐老，神旺遠沉昏。

詠稻（步韻蘇軾三十三年今誰存者）

董就雄

五穀維生，內經明訓，米稻香遍淮江。補中和胃，蠲泄效無雙。無毒甘淵益氣，嘗品饌、斜倚窗前。民生事，唯糧關鍵，賴治國安邦。　樅樅，風雨過，金光穗影，搖曳幢幢。喜迎接豐收，盛滿禾缸。恁地人生樂事，半夜裏、靜對青釭，秈糜好，健脾去濕，少腹正逢逢。

璞社二百會

獅子山前，衡園東翼，二百嘉會欣臨。熱腸夫子，扶雅總初心。月月雄談指授，更窗畔、叉手同吟。詩盟罷，每還擊缽，濟濟共南金。　如今，傷變局，連年疫癘，憂患相尋。況蠻觸爭頻，霸國交侵。獨幸良儔砥礪，渾未改、朗朗騷襟。期依舊，聚添千百，砭世出強音。

群組傳來七七年師生合照有感

梁巨鴻

麗照傳來，古今對看，四十年去悠悠。昔青春日，喜見爾無愁。多少觀塘舊事，抓不住、徒望雲浮。風塵起，翻新天地，樂意恐難留。　回頭，唯此際，已非稚女，夫復何求。願還記師生，情重千秋。我亦垂垂老矣，川上曰、逝者如流。歡娛處，且多歡笑，莫枉作悲憂。

本港運動員東京奧運獲獎感賦（二零二一年十月詩課）

七言絕句或詞牌《菩薩蠻》，不限韻

鄧祖明

何詩蓓東奧獲兩面銀牌感賦

小港飛魚泳異江，東京奧運奪銀雙。雙銀未止鴻鵬志，更欲贏金勝遠邦。

呂牧昀

名花總說皇京好，尋芳獨恨南天少。插髮夜歸家，佳人偏愛花。　暗香隨玉趾，縹緲情難已。風起散深秋，衾寒無數愁。

劉沁樂

張家朗東奧獲獎感賦

危局依然未局終，少年足健快如風。吞天劍氣能降敵，勝負渾忘在夢中。

何詩蓓東奧獲獎感賦

心態平常氣特高，來回幾秒世稱豪。浪花飛處炫人目，一技修成亦苦勞。

周碧玉

其一

隔洋賽事即時傳，奪獎歡呼響震天。只見掌聲歸勝者，輸家苦練有誰憐。

其二

四海群雄爭脫穎，相差勝負只毫釐。精英奮勇忘形戰，誓奪殊榮耀國旗。

其三

香島陰霾揮不去，嚴刑癘疫復相纏。東京賽事商場播，限聚規繩且放邊。

張家朗東京奧運獲獎感賦

鍾世傑

迅趨強敵揮花劍，猛烈交鋒倍戰心。連失五分何有懼？拋開束縛直衝金。

佳人獨形抒長慨，風雲際會逢難再。解數盡君傾，蜚聲自一鳴。　丹臺唯奧運，二十年深醞。麟角解戎裝，英姿添慕裳。

岑子祺

張家朗奪東奧花劍金牌感賦

李敬邦

奧運風雲龍虎會，劍光獨射斗牛天。紫荊招展東京夜，卓立金台一少年。

有種人

李耀章

幾許衙門酬壯志，難為健將肯含辛。荊旗終現龍獅後，全賴香江有種人。

獲獎

當年劍客非俠客，競顯一時身與名。最苦聞雞憂活計，封王徒得半樓呈。

張家朗鈍劍奪金

陳彥峯

年少鋒芒貫斗牛。氣沉輕劍並剛柔。孰知磨洗三更罷，桂冕艱難加上頭。

何詩蓓自由泳雙銀

掄銀破浪豈為單。仰識芳名愛爾蘭。莫問根苗生所處，游征瀛外水漫漫。

乒乓三女團體戰摘銅

穿花團戰想三英。馬步驍騰合勇兵。制勝仗憑回擊力，竟功列季亦殊榮。

李慧詩場地單車賽摘銅

昭名牛下女車神。蹈厲圖強耐苦辛。虎視鷹瞵先手勢，息間力發絕飆塵。

劉慕裳空手道摘銅

氣運胸懷滿縞裳。風生呼嘯熱中腸。難逢際遇空手奪，巾幗軀嬌豪且強。

港隊奧運乒乓球女子團體賽摘銅感賦

吳振武

奧運銅牌屬女兵，乒乓球賽戰東京。凱旋歸港民歡躍，國技薪傳有令名。

董就雄

菩薩蠻

疫情亂局休還起，三年心事能歡幾？劍氣賽豐城，北冥魚化鵬。　銅牌三奪頃，光與金銀映。京奧話香江，憂懷堪暫忘。

二零二零東京奧運有賦兩首（用嵌字格）

張家朗奪東京奧運劍擊賽金牌

張筵香島值今朝，家出健兒斯最驕。朗耀劍光如電速，金牌勇摘氣凌霄。

何詩蓓連奪東京奧運游泳賽兩銀牌

何由剪水賽雷奔，詩合謳歌為此君。蓓蕾卓然從浪出，銀章已報再酬勤。

極端天氣（二零二一年十一月詩課）

七言古詩或詞牌《雨霖鈴》，不限韻

鄧祖明

君不見室內冷氣成熱浪，爐燃山林熔冰川。君不見門外龍捲黑天日，樓坍樹塌鳥低旋。木倒林平車輪輾，廠上灰霾車後煙。聚成沙塵與黃霧，纏繞市民民難眠。千年洪水一夜降，晨來淹城人盡亡。縱有大禹治水策，不得受用水蒼茫。暑意冬時仍未止，四季無序春風遲。沒見寒雪襯梅白，地顫土旱折花枝。何須驚奇氣象怪？一日難凝萬尺冰。惡因惡緣前人種，長成惡果後輩承。南極滅，北極絕，企鵝白熊與世訣。今日物種瀕危時，他朝君體豈有別？

李靈枝

秋風冽冽，茂枝群落，一地垂葉。狂霖錯落窗幔，波濤急雨，轟雷初歇。路上遊人撐傘，竟無懼天罰。紫繡裙、如染山川，涉履沿途步皆愜。　驚鳴野雀魂離訣。若從前、萬徑行人絕。風聲古今猶似，急雨處、一時無別。臥看浮雲，煙散方晴，又見澄澈。俗世事、千許煩憂，欲寄天時劣。

呂牧昀

雨

極端天氣，波譎雲詭，一如近年政治、社會環境，每多驟變，因而感賦：

風雲相搏，正蒼穹下，雨橫雷作。人間路轉何處，能攜手去，池深冰薄。何事繁枝易折，更炎日飛雹。縱執傘、終似萍浮，點點無依任漂泊。　何年款款歸媽鵲。笑雲煙、過眼真如昨。桃源再續歡會，猶未改、故園棲託。底許情深，堪換天公一紙期約。定不使，滄海桑田，好夢垂簾幕。

周碧玉

時維辛丑節立冬，火輪威勢依舊雄。南國溽暑揮不去，踆踆金風寂無蹤。四時秩然有物候，問何事亂了蒼穹？工業革命世相沿，精英埋首鑽科研。嶄新器械橫空出，石化燃料生碳煙。碳煙積聚日久遠，無盡熱氣積層巔。生態平衡斯有失，詎料漸次禍連延。凍土遇熱化水流，窪國遭淹不復留。候鳥遷移失路徑，適溫誤認昔時州。舊友雀麥無處覓，奈何戢翼徒歎啾。春風未抵池塘畔，湖心柳枝嫩芽抽。熱浪乾旱尋常事，雨雪洪災厄頻記。極端寒暑擾清球，皇族蒸黎莫能避。科技千里狂奔馳，人間樂土仍夢寐。

陳皓怡

陰陽無物，四時失序，好景消歇。炎寒旦日交接，狂飆捲地，北風何冽。七月河南水患，共霜雁悲咽。又遠聞、天竺洪濤，百萬黎民與家別。

風雲變幻緣天罰，望寰球、觸目供愁絕。頻頻厄禍趨至，爻象亂、衛星空設。幾載辛酸，堪信紛紛疫病終滅。數萬里、千里河山，夢裏晴時節。

陳彥峯

記二零一八年颱風山竹襲港步〈茅屋為秋風所破歌〉韻

山竹驚襲招泣號，摧垣敗舍捲如茅。龍蛇遄走蹂甸郊，林根倒拔地連梢，洪泥奔瀉平垤坳。始覺我輩螻蟻渺無力，杜門封戶猶防賊。遠見鄰居窗櫺墜，狂風颼入救不得。定目瞪眥徒懾息。復聞城中遽變色，長天混淪江海黑。浪湧似砍雨如鐵，高樓傾搖心欲裂。東侵未止西又至，四野淒唳不斷絕。於今頓覺物命危，氣候顛怪誰業徹？當世榮枯盡此間，傷天終必噬己感汗顏，執迷不返難移山。嗚呼！眾生寓居逆旅同漏屋，相爭相伐貪嗔未厭足！

極端天氣步韻柳永寒蟬淒切

吳振武

炎寒交切，四時無度，變幻難歇。那堪暴雨傾覆，頑雲鼓蕩，洪水頻發。轉瞬汪洋澤國，盡塵世悲噎。放眼望、宇內西東，惡水滔滔共天闊。　斯須一念雲泥別，算人間、妄用無樽節。天時地物民反〔一〕，今與昔、不同風月。此後年年，哀歎鴻圖美景虛設。更面對、千載瘟情，有話無從說。

〔一〕左傳宣公十五年：天反時為災，地反時為妖，民反時為亂。

董就雄

瘟災難息，更瀛寰內，節候趨極。焚林片片焦土，聞山火罷，寒潮橫急。斷雹冰封北美，歎嚴雪誰敵！暴雨降、悲也河南，沒頂洪波暗天色。　臺員水庫無涓滴，問雩壇、築設終何益？深秋苦熱如夏，香島上、氣旋雙襲。變異驚心，唯冀、諸邦滅廢齊力。且莫似、防疫如今，鬥角徒相逼。

跋

董就雄

詩能遠功利者潔，事得遇持恒者成。而有為詩者，意欲沽名，賦唯參賽。更饒喧囂之組，淺薄之群。其交相攻譏，俱自命風雅者。夫操觚之始，獎勵無妨；續雅之歸，機心當盡。尤須堅抱素志，甘作驢上之僧；博覽三年，不窺牖外之圃。

璞社不攀勢利，但慕詞章。汲汲之爭，皆字韻之安穩；斤斤所較，唯聲律之深微。邇來翻囊者七編眾作而讀之，愛其杳杳浮雲，清襟自發；醰醰餘味，真氣常盈。去雕飾而效青蓮，密針線而循老杜。命題雖限，曷忘夢得或坐或馳之求；得句偶瑕，毋礙樂天為時為事之旨。情必關乎在地，意必期乎創新。近步光希，冀融泰西之典；上承頌橘，共奏時代之音。顧昔以璞為名者，乃慕玉之潔純，光之晶亮者矣。今觀之，蓋亦副其純乎論藝之實也。

若夫浸園月聚，辭達元知非一朝之可臻；清夜宴遊，篇來每見砥俊侶之方美。是故妙藝揮灑，捨割務先；芸帙斑爛，約盟須守。而社友長懷赤子，心繫衡園。願減天倫之時，何嫌勝會之久。即使知音寥落，豈懈推敲；而庶務繁多，亦不改風雨。唯思一邦之事，繫乎吾身；大雅之延，重乎同諾也矣。

如今八編將梓，瘟癘漸消。拔俊秀而問高明，展襟膺而播遐邇。兩載疫情錄實，感慨同追；對屏網絡談微，吟懷莫損。紹昔編之輕利，導新進之守恆。諷詠添乎詩餘，體裁備乎昔有。而其純則如一，其潔亦同存也哉！

至若編者張君，蓋洛社後生，文章畏友。抽毫月下，佈局嘆其森嚴；覓句門中，詩藝訝其精湛。加以古文簡潔，其詩與文皆一於藝而無勢利之思，蓋亦深符璞社之宗旨者也乎！

二零二三年三月十三日董就雄跋於香港聽車廬

責任編輯　hc_528
書籍設計　陳朗思
封面題字　李潤桓
封面題詩　朱少璋

書　　名　荊山玉屑・八編：香港浸會大學璞社詩輯
編　　者　張軒誦
出　　版　三聯書店（香港）有限公司
　　　　　香港北角英皇道四九九號北角工業大厦二十樓
香港發行　香港聯合書刊物流有限公司
　　　　　香港新界荃灣德士古道二二〇至二四八號十六樓
印　　刷　美雅印刷製本有限公司
　　　　　香港九龍觀塘榮業街六號四樓A室
版　　次　二〇二三年三月香港第一版第一次印刷
規　　格　特十六開（150×230mm）二六四面
國際書號　ISBN 978-962-04-5076-1

Published & Printed in Hong Kong, China.

香港藝術發展局
Hong Kong Arts Development Council 資助

香港藝術發展局全力支持藝術表達自由，本計劃內容並不反映本局意見。